PERFECTAMENTE DESCARADA

PERFECTAMENTE DESCARADA

EMILY MCKAY

THORNDIKE PRESS

An imprint of Thomson Gale, a part of The Thomson Corporation

Detroit • New York • San Francisco • New Haven, Conn. • Waterville, Maine • London • Munich

LIBRARY OF CONGRESS CATALOGING-IN-PUBLICATION DATA

McKay, Emily.
  [Perfectly saucy. Spanish]
  Perfectamente descarada / by Emily McKay.
  p. cm.
  Translation of: Perfectly saucy.
  ISBN 0-7862-9103-6 (alk. paper)
  1. Large type books. I. Title.
PS3613.C54514P47 2006
813'.6—dc22   2006024979

U.S. Hardcover:
ISBN 13: 978-0-7862-9103-8
ISBN 10: 0-7862-9103-6

Published in 2006 by arrangement with Harlequin Books S.A.
Publicado en 2006 en cooperación con Harlequin Books S.A.

Printed in the United States of America on permanent paper.
Impreso en los Estados Unidos en papel permanente.
10 9 8 7 6 5 4 3 2 1

PERFECTAMENTE

DESCARADA

PRÓLOGO

10 cosas que todas las mujeres deberían hacer
Revista Picante

1. *Ten una aventura. Después de todo, ¿cuándo fue la última vez que estuviste con alguien?*
2. *No te quedes en casa. Salta del nido y ve a vivir al extranjero.*
3. *Despierta tu lado étnico. Hazte un piercing o un tatuaje para canalizar tu energía indómita.*
4. *Deja libre a la dominadora que llevas dentro. Cómprate una falda de cuero y lúcela sin complejos. El látigo es opcional.*
5. *Compórtate como una diva en la cama. No pidas lo que quieres: exígelo.*
6. *Pasa de la ropa interior. Él se volverá loco cuando sepa que vas en «plan comando».*
7. *Vive al límite. Siente la emoción de hacer algo prohibido haciendo el amor en el asiento trasero del coche.*

8. *Admítelo, te has equivocado. Después de todo, confesar la verdad le sienta bien a tu alma y la culpa le viene mal a tu cutis.*
9. *Da un cambio a tu espacio. ¡Es renovarse o morir!*
10. *Conquístalo. Supera tus miedos y sabrás que no hay nada que no puedas hacer.*

CAPÍTULO 1

Alex Moreno era la primera persona a la que Jessica había oído decir la palabra «f. . .». Estaban en el instituto, pero ella estaba bastante segura de que él ya lo había hecho. Y varias veces.

Con catorce años, él ya salía con chicas, y estas solían ser siempre mayores y experimentadas en las cosas que Jessica y sus amigas sólo se atrevían mencionar en cuchicheos en las fiestas de pijama. En el instituto, era de los que se metían en peleas, siempre tenían problemas con los profesores y eran objeto de deseo de las chicas.

Parecía que las cosas no habían cambiado mucho. Jessica lo había visto hacía dos semanas, doce años después de su último encuentro, paseando por Palo Verde con una arrogancia que parecía anunciar que si querían que se marchase de allí, tendrían que echarlo por la fuerza.

Otra vez.

Aun después de tanto tiempo, seguían siendo polos opuestos: él era hijo de trabajadores inmigrantes y ella procedía de la familia más importante de la ciudad. Él era salvaje, vivía al límite. . . era un chico malo. Mientras, ella estaba condenada a una existencia aburrida de soltería, a no ser que hiciera algo al respecto. Jessica echó un vistazo a su delicado reloj de plata: las cinco menos cuarto. Alex estaba al llegar.

El taconeo de sus zapatos yendo y viniendo sobre las baldosas de la cocina acompañaba los latidos de su corazón. Después cruzó el arco que separaba la cocina del salón y se dirigió a la puerta de cristal que daba al patio y la piscina. Mirando el agua se dijo que aquel día quince minutos parecían durar una eternidad.

El sonido del teléfono rasgó el silencio. Ella se giró a toda prisa y pensó que sería Alex para cancelar la cita. Los tacones se le engancharon en la moqueta y se los quitó de una patada intentando respirar para mantener la calma. Si no acudía, ¿se sentiría aliviada o disgustada?

—¿Hola? —dijo, conjurando todo su coraje.

—¿Qué llevas puesto? —contestó una voz femenina.

—¿Patricia?

—No, soy el tío Vernon. ¡Pues claro que soy Patricia! —parecía irritada—. ¿Llegará pronto, verdad?

—Supongo que en diez o quince minutos.

—Pues no perdamos el tiempo con tonterías. Si hubieras respondido a mis correos electrónicos de esta tarde, no tendríamos que hacer esto en el último minuto. Dime qué llevas puesto.

Jessica había cometido el error de contarle a Patricia a la hora de comer que iba a ver a Alex aquella tarde y ésta se había pasado toda la tarde bombardeándola a preguntas por correo electrónico.

—¿Qué importa lo que llevo puesto?

—¿Acaso no te importa? ¿Cuánto tiempo hace que no ves a Alex?

—Diez años.

—Dime que no llevas uno de esos castos conjuntos de suéter y chaqueta.

—No —dijo ella, apretando los dientes—. No llevo uno de esos cómodos conjuntos, sino un vestido de seda negro.

—¿Ajustado?

—No —dijo Jessica, mirándose en el espejo del recibidor.

—¿Escotado?

—No —cada vez se sentía más descorazonada. ¿Tanto se había equivocado?

—¿Es corto?

Jessica extendió la pierna para apreciar mejor el largo de su vestido.

—Unos diez o doce centímetros por encima de la rodilla.

—Bien, muy bien. Tus piernas son tu punto fuerte.

Ojalá a Alex le guste fijarse en las piernas de las mujeres.

—¡Entonces —dijo Patricia, cambiando de tema—. ¿Cuál es tu plan de caza?

—¿Qué?

—¿Que qué vas a hacer? ¿Invitarlo y hacerle una proposición?

—¡No, por supuesto que no! —a Alex le había dicho algo sobre contratar su empresa de reformas para hacer obras en su casa, pero no tenía ni idea de cómo pasar de «quiero reformar mi cocina» a «¿quieres salir conmigo algún día?» y, después de un par de citas, a un «quitémonos la ropa y hagamos el amor como salvajes sin parar»—. No tengo ningún plan.

—Pues eso es lo que me preocupa. Tú siempre tienes planes para todo.

—¡Eso no es cierto!

—¿No fuiste tú la que nos mandó una circular con consejos para actuar en caso de tornado?

—Soy la responsable de seguridad... es mi trabajo.

—Jessica, en California no hay tornados.

—Pero...

—Nunca los ha habido.

Empezó a explicar que a ella le gustaba hacer bien su trabajo, pero tal vez ése fuese el problema: siempre se lo tomaba todo muy en serio. Antes de poder decir nada, Patricia soltó la bomba.

—Eso es precisamente lo que me asusta: que tú no tengas un plan. No es propio de ti. Invitar a Alex Moreno para seducirlo es tan... tan...

—¿Tan propio de ti?

—Exacto. Eso es lo que me preocupa: que estás empezando a actuar como yo.

—Bueno, pues ya puedes dejar de preocuparte. No voy a seducirlo ni a proponerle nada, te lo prometo. Sólo quiero volver a verlo.

Y comprobar si aún saltaban chispas de atracción entre ellos. En caso afirmativo, ya se preocuparía de eso más adelante.

—¿Volver a verlo? ¿Tuvisteis algo en el instituto?

—No —respondió ella, sin mentir del todo.

—Eso pensaba yo. Había rumores, pero yo no los creí nunca.

—¿Rumores? —ella no había oído ningún rumor acerca de ellos dos.

—Se decía que estabais enamorados en secreto, que ibais a fugaros juntos. Para mí eso no tenía sentido: ¿tú y Alex Moreno? Qué cosa tan absurda.

—¿Y eso? —preguntó ella, algo ofendida.

—Ninguno era el tipo del otro. Él estaba siempre en líos y tu padre era el juez. Hubiera sido bastante irónico: la hija del juez con un chico que había sido arrestado más de diez veces.

—Sí, muy irónico —asintió Jessica distraídamente. La verdadera ironía era que aunque aquellos rumores fueran falsos, a ella le hubiera gustado que fuera al contrario.

—Pero —aventuró Patricia—, supongo que entonces ya debía de gustarte o no estarías pensando tener una aventura con él ahora. Lo cierto es que no te culpo, ya con dieciocho años era un bombón, y un chico malo.

La forma en que Patricia dijo la palabra «malo» dejaba claro que ser malo era «bueno». Y Jessica estaba de acuerdo: incluso una niña modosita como ella veía el atractivo del lado prohibido, pero no era eso lo que la atraía de Alex, sino lo que nadie veía en él: su fuerza, su amabilidad, su integridad.

Bueno, y todo ese *sex appeal* salvaje que despedía.

Pero tenía que cortar aquella conversación con Patricia antes de que la charla de su amiga la volviese loca. Antes de colgar, le preguntó:

—Lo que no entiendo es que, si no te gusta lo que hago, ¿por qué te preocupas por lo que llevo puesto?

—Está claro. Si te vas a dejar en ridículo a ti misma, más vale que estés guapa en ese momento.

Ante las palabras de «ánimo» de Patricia, Jessica se sirvió una copa de vino y la vació de un trago.

—Gracias, estás siendo de mucha ayuda.

—Siento no ser más optimista —pero Patricia no parecía apenada en lo más mínimo—. Entiendo que quieras... bueno, has estado viviendo como una monja, pero... ¿Alex Moreno? Es como decidir hacer deporte y ponerte como meta subir al Everest.

—Vaya —murmuró Jessica, levantando una ceja. ¿Acaso él era el Everest de los hombres? ¿Estaría loca por pensar que podía estar interesado en ella? ¿Por pensar que aún la recordaba?

—Jess, es el chico más malo de la ciudad, y puedes meterte en muchos líos si te mezclas con él. Y si estás haciendo esto por esa estúpida lista...

De vuelta a casa tras un viaje de trabajo a Suecia de dos meses y medio, tras el cual no había obtenido la promoción laboral que le habían prometido, había leído un artículo en la revista *Picante* titulado *10 cosas que todas las mujeres deberían hacer*. La primera cosa de la lista era tener una aventura memorable, y Alex Moreno encabezaba su lista de hombres con los que deseaba tener un romance apasionado.

—Patricia, sólo piensas en esa estúpida lista porque tú ya has hecho todas las cosas de la lista.

—Bueno —rió ella—, lo cierto es que sí.

—Pues yo he hecho sólo una cosa de la lista —apuntó Jessica irritada—. Vivir en el extranjero, y casi no cuenta porque fue por trabajo.

—Jessica, lo que quiero decir es que si quieres hacer cosas de la lista, está bien —Patricia intentaba calmar a su amiga—, pero puedes empezar por algo menos traumático, como comprarte una falda de cuero o hacerte un tatuaje.

—¿Un tatuaje? ¿Y te parece que marcar mi cuerpo de forma definitiva será menos traumático que pasar una noche con Alex?

—Vale, a lo mejor «traumático» no es la mejor palabra. «Drástico» es más exacto. Lo que quiero decir es que no creo que tengas que hacer algo tan drástico.

Eso era justo lo que Jessica necesitaba: algo drástico.

—Llevo seis años trabajando en Handheld Technologies —indicó ella—, y los dos últimos he trabajado como una esclava para ganarme un puesto de jefe de equipo. En lugar de conseguir un ascenso, me han hecho responsable de seguridad, cuyas funciones más destacadas son mantener a punto los botiquines y desalojar el edificio en caso de que ocurra un desastre.

—Eso es casi un ascenso —dijo Patricia en tono aplacador—. Y es porque confían en ti.

—Mira, estoy cansada de conformarme con ser responsable de seguridad. Estoy cansada de conformarme con todo, punto. Ya es hora de que le dé un giro a mi vida.

Y, por estúpido que pareciese, iba a hacerlo cumpliendo con los puntos que sugería la revista. Empezaría por el principio, y el principio era Alex Moreno.

—Tengo que dejarte —dijo Jessica.

—Recuerda mover las caderas al andar. Y mojarte los labios y...

—¡Patricia!

—Buena suerte.

Jessica colgó y se dijo que no necesitaba buena suerte. Era una mujer Picante, o pronto lo sería, cuando hubiera hecho las nueve cosas que le faltaban de la lista.

Alex Moreno, frente al porche de la casa de Jessica Sumners, estaba tan nervioso como en la sala del tribunal de su padre hacía una década.

Había vuelto a Palo Verde para probar a todos que había cambiado, que ya no era el chico descontrolado que había sido, sino un empresario con éxito y un miembro notable de la comunidad.

Pero todo eso hubiera sido más fácil de probar si le dieran trabajo. Necesitaba aquel contrato desesperadamente, pero odiaba que su primer trabajo en Palo Verde fuera con ella.

En la última década se había acordado de ella más de lo que querría admitir y se había imaginado que cuando se encontraran, sería como iguales, impresionándola con su éxito y no presentándose en su puerta rezando para que lo contratara y borrar los números rojos de su cuenta de ahorros.

Llamó a la puerta y sintió un vuelco en el estómago. La vio acercarse a través de la ventana y cuando abrió la puerta, sus ojos recorrieron todo su cuerpo antes de detenerse en su rostro. Después sonrió y él la notó nerviosa. Aun nerviosa podía arrebatarle el aliento. Llevaba un sencillo vestido negro y el pelo recogido. Una perla en una cadena de plata adornaba su cuello y su expresión no hacía más que acentuar su presencia elegante. Pero en sus ojos brillaba una chispa de ansiedad, y tal vez él fuera la causa.

—Alex —ella murmuró su nombre como una caricia. Al oír su nombre de aquellos labios, Alex sintió una oleada de deseo recorriendo sus entrañas—. Gracias por venir tan rápidamente.

—No hay problema —se dieron un apretón de manos y él le pasó un dossier con su experiencia y sus referencias.

Jessica lo miró sorprendida y tomó el dossier. Apenas lo miró antes de dejarlo en la mesita de mármol del recibidor. Ella lo recorrió con la mirada hasta los pies.

—Querías que echara un vistazo a tu cocina, ¿no? —dijo él, recordando que venía de una obra y sus zapatos y su ropa estaban cubiertos de polvo. Tenía un trabajo duro, manual, y no le había importado hasta aquel momento en la puerta de Jessica.

—Oh, sí —dijo ella sonrojándose y haciendo un gesto para que la siguiera—. Es por aquí.

Sus caderas se balanceaban suavemente a cada paso que daba y Alex recorrió sus piernas con la mirada hasta los pies descalzos.

Aquel vestido no lo ayudaba nada en absoluto, pero al verla descalza se le hizo un nudo en el estómago.

Tenía los pies estrechos y delicados, pero no pequeños. Eran los pies de una mujer alta con una pedicura perfecta. Los pies mimados de una niña rica.

Se miró las botas de trabajo y se las sacudió en el felpudo sin que el resultado fuera satisfactorio.

—Es por aquí —dijo ella, que se había girado al notar que no la seguía.

—Bien —dijo él, sin dejar de pensar que pondría la inmaculada moqueta perdida en el momento que pusiera los pies en ella.

Desde que vio por última vez a Jessica hacía diez años, había cruzado el país trabajando para su propia empresa construyendo casas para gente mucho más rica que los Sumners, pero en cuanto puso el pie en la ciudad, volvió a sentirse el pobre inmigrante indigno de estar frente a su puerta, cuando menos para hacer o decir lo que deseaba.

Jessica era lo más parecido a la princesa de la ciudad, procedía de un mundo de riqueza y privilegios, y él de uno de polvo y sudor.

Jess nunca lo había tratado como a un espalda mojada, sino con la misma simpatía y cordialidad con que trataba a todo el mundo en el instituto. Excepto unas pocas semanas en el último curso del instituto en que su relación evolucionó y se transformó en algo que él no podía describir y que a veces le impedía dormir por las noches.

Pero teniendo en cuenta su frío saludo, seguro que no se acordaba de aquellas semanas. En cualquier caso, no estaba dispuesto a mancharle la alfombra a la única persona que nunca lo había tratado mal. Se agachó y se quitó las botas para seguirla en calcetines a la cocina intentando no pensar en lo seductor que era el movimiento de sus caderas.

—Es aquí —dijo, y él arrugó el ceño.

Armarios de madera blancos, electrodomésticos blancos y una encimera verde. Algo antiguado pero práctico.

—¿Qué quieres cambiar? —dijo, rascándose la barbilla.

Ella se acercó más a él hasta casi rozarle el hombro, inclinando la cabeza.

—No lo sé —respondió, rozándole el brazo con el hombro desnudo—. Esperaba que me dieras alguna idea.

—Por teléfono me dijiste que querías verme lo antes posible, como si fuera urgente.

Ella apartó la mirada, nerviosa, de sus ojos. Observó la cocina con el ceño fruncido y dijo:

—Cuando decido algo, quiero ponerme manos a la obra lo antes posible.

Aquellas palabras, en boca de cualquier

otra mujer blanca y rica, lo hubieran irritado mucho, pero en ella no sonaban egoístas ni infantiles, sino llenas de frustración y muy humanas. En ella veía a la niña sensible que fue y se preguntó si aún estaría allí, dentro de aquella mujer de rompe y rasga. El modo en que su corazón latió esperanzado lo hizo reír.

—¿Te parece divertido?

—No —dijo mirándola a los grandes y vulnerables ojos azules—. Sólo inesperado. En clase eras la perfecta niña rica, la estudiante perfecta. Supongo que no te imaginaba así de impaciente.

—A mí me sorprende —dijo ella sonriendo—, que te molestaras en pensar en mí en absoluto.

Si supiera cuánto había pensado en ella, cuántas veces la había imaginado, no lo querría ver cerca de su cocina.

—Haremos una cosa —dijo sacando una cinta métrica del bolsillo—. Tomaré medidas y apuntes y veré qué puedo decirte.

Con el metro en las manos se sentía más seguro. Tomó medidas y dibujó un bosquejo de la cocina. Ella estaba a su lado, más cerca de lo necesario, haciéndole difícil concentrarse. Olía tan bien que apenas podía pensar.

—¿Estarías dispuesta a renunciar a algunos armarios?

—¿En qué estás pensando?

¿Que qué pensaba? Que estaba demasiado cerca de él para querer únicamente una reforma en su cocina. En lo que tenía que pensar era en el dinero que podía ganar con aquel trabajo, y no en su olor, fresco y a la vez intenso.

—Pensaba que podías tirar esa pared y unir la cocina y el salón. Todo parecería más espacioso.

—¿En serio? ¿Puedes hacer eso?

—Claro, no hay más que poner una viga de sujeción y tendrás una cocina nueva. ¿Qué te parece?

Ella lo miró primero a él y después la pared, como si intentara imaginar el resultado.

—Podría quedar muy bien. Yo —pareció contenerse en el momento de dar el «sí», sacudió la cabeza y sonrió con timidez—. Tal vez deba pensarlo un poco.

Había estado a punto de cazarla y se le había escapado en el último minuto.

Si su suerte no cambiaba pronto, tendría que plantearse empezar a servir hamburguesas... no había muchos puestos de trabajo en Palo Verde para un hombre llamado Alex Moreno.

Cuando volvió al pueblo no había imaginado que la gente aún estuviera resentida contra él, pero estaba decidido a probarles que ya no era el gamberro que fue.

—Mira, mientras lo piensas, haré un par de dibujos para que puedas hacerte una idea.

Ella no parecía convencida y él volvió a preguntarse por qué parecía tan interesada en él y tan poco interesada en la cocina. Si hubiera sido otra mujer, hubiera pensado que quería algo con él.

La Jessica que conocía del instituto era inteligente y justa, y no preparaba emboscadas en su casa a chicos que apenas conocía para seducirlos.

Ella dio un paso hacia él y le acarició el brazo. Se humedeció los labios con un gesto que le pareció terriblemente sensual. Pero también parecía avergonzada.

—Tal vez podamos discutirlo mientras tomamos una copa —dijo, sin dejar de acariciarlo.

Él se quedó sin respiración. Tomó una bocanada de aire y creyó embriagarse con su aroma.

Entonces se dio cuenta: ¿una copa? ¡Estaba insinuándose!

—Con lo de tomar una copa, ¿te refieres a una cita? —dijo, apartando el brazo.

Ella se encogió de hombros, dudosa.

—Bueno . . . sí. Me encantaría que me contaras qué has estado haciendo este tiempo, si te apetece.

Él sacudió la cabeza mientras reía con amargura. ¿Quería salir con Jessica Sumners? ¡Claro que sí! Pero el brillo de sus ojos le decía que aquello no era por los viejos tiempos. ¿Cómo se había equivocado tanto con ella? Poco a poco se iba dando cuenta de todo: ella le había dicho que fuera a su casa para ligar con él, no para darle el trabajo que tanto necesitaba. Y ya no era la dulce chiquilla que recordaba, sino el tipo de mujer que llamaba a un obrero para que la entretuviera.

Mirándola a los ojos, respirando su aroma y sintiendo aún el calor de su mano en el brazo... se sentía tentado a aceptar. Jessica, la niña buena, por su mirada, parecía querer de él más que tomar unas copas.

Lo que deseaba era olvidarse de su dignidad, arrastrarla a sus brazos y explorar aquellos labios llenos de lujuria que lo tenían hipnotizado. Besarla, levantarle el vestido y hacérselo allí mismo, en la cocina, sería la típica fantasía de adolescente hecha realidad. Hacerlo con la chica más guapa y respetada de la ciudad, con la chica que tanto deseaba, con la que había deseado siempre.

Alargó la mano y le recorrió la mandíbula con el pulgar hasta llegar al labio inferior humedecido.

—¿Es esto lo que quieres? —dio un paso hacia ella e inmediatamente lo sorprendió ver que ella se acercaba también en lugar de alejarse.

—Sí.

Su rodilla desnuda se encontró con los vaqueros de él, y después fueron sus pies. Su perfecto y mimado pie contra los calcetines de algodón de él.

Alex dejó de acariciarla y dio un paso atrás, enfadado consigo mismo por desear lo que no podía tener. Y con ella por hacer que la deseara.

—Por eso me has llamado, ¿verdad? Por eso tenía que venir enseguida. . .

Ella parpadeó sorprendida y confusa.

—No. Tal vez.

—No necesitas reformar la cocina, ¿verdad?

—No —ella apartó la mirada de sus ojos—, es sólo que. . . —tenía la voz temblorosa—. Pensé qué. . .

—¿Qué? ¿Que sería divertido darse un revolcón con un obrero?

—¡No! —dijo ella poniéndose rígida.

—¿Entonces qué?

—Es complicado de decir —dijo, esta vez con voz firme—. Está claro que ha sido un error.

—Bien, eso parece —él arrancó la hoja del cuaderno donde había hecho el bosquejo de la cocina e hizo una bola con ella—. ¿Se te ha ocurrido pensar que es así como me gano la vida?

—¿Y a ti se te ha ocurrido pensar que yo tal vez sólo quisiera salir contigo? ¿Que no todas las mujeres quieren darse un revolcón contigo?

Si no hubiera estado tan enfadado, se hubiera reído ante la bravuconada. Estaba dispuesto a apostar que nunca antes había empleado el verbo «revolcarse» en ese sentido.

—¿No era eso lo que te interesaba, entonces?

Antes de que ella pudiera responder, la rodeó con sus brazos, la atrajo hacia sí y la besó. Se dijo a sí mismo que sólo lo hacía para demostrarle algo, pero en cuanto sintió su cuerpo, supo que se mentía. Lo único que quería comprobar era si sus besos eran tan buenos como prometían. Y lo eran.

Sus labios eran cálidos y suaves, y sabían a vino tinto, lo que lo sorprendió, porque le pareció que a ella le pegaba más el blanco.

Cuando ella le rozó los labios con la lengua, la sorpresa fue la menor de sus reacciones: el deseo, ardoroso y urgente, le sacudió las entrañas.

Inesperadamente, la apartó y Jessica pareció tan sorprendida como se sentía él. Ella se llevó los dedos a los labios y por fin dijo:

—Qué maleducado...

Él echó a reír y recogió la cinta métrica y la carpeta antes de echar a andar hacia la puerta.

—Es maleducado besar a alguien que lo está pidiendo a gritos pero no lo es interrumpir a alguien que está trabajando y hacerle perder su tiempo.

—Pensaba que no te importaría —dijo ella, siguiéndolo.

Él se giró bruscamente y la miró a la cara.

—Pues lo cierto es que sí. Parece que tú no tienes nada más que hacer un viernes por la tarde que molestar a la gente, pero yo tengo trabajo —ella hizo una mueca ante las críticas, pero él lo ignoró—. Yo tengo que trabajar de verdad, princesa, y no puedo dejarlo porque alguien busque un compañero de juegos.

—¿Crees que yo no trabajo? —preguntó, indignada.

—No me importa en absoluto si trabajas o no —dijo él sacudiendo la cabeza—. No me importa si estás aburrida, solitaria o caliente o lo que sea que te ha llevado a llamar a alguien para que venga a jugar contigo. Lo que me importa es que me estás haciendo perder el tiempo. Adiós, princesa.

Dio un portazo y desapareció.

Ella, iracunda, se quedó mirando la puerta cerrada unos segundos y después, con las manos en las caderas, dijo:

—Tú eres el último hombre al que llamaría si estuviera aburrida, solitaria o . . . o caliente, que no es el caso.

Pero era mentira. Su cuerpo se había encendido cuando Alex la tocó y al besarla sintió una descarga eléctrica. Aún estaba temblando.

Dio una patada en el suelo y fue a la cocina a servirse otra copa de vino. Lo bebió a sorbitos, para calmarse, aunque lo que le pedía el cuerpo era estampar la copa contra el suelo.

¿Cómo podía haber salido tan mal? Lo había infravalorado. Ella sólo quería verlo para juzgar su potencial para tener una aventura y en su lugar se había puesto a babear por él y se le había echado encima. Era normal que él se hubiera llevado una impresión equivocada.

Había cambiado desde el instituto. Era más alto y, aunque seguía siendo delgado, ahora estaba mucho más musculoso. Y era tan atractivo que le dolía recordarlo.

Lo que había quedado claro era que él aún la atraía. Desde que lo vio en la puerta sintió esa atracción irrefrenable hacia él y cuando le preguntó que qué quería, casi se desmaya: lo quería a él, en parte siempre lo había querido.

Y probablemente nunca volvería a dirigirle la palabra, lo que iba a hacer mucho más complicado el disculparse.

La pelota que había hecho Alex con el bosquejo estaba aún sobre la mesa. Jessica estiró el papel y se sorprendió al ver lo exacto que era. Al pensar que él se lo había tomado muy en serio, se sintió aún más humillada. Dobló el papel y se dijo que le debía a Alex esa disculpa, aunque él no fuera a ponérselo fácil.

Abrió su agenda y allí estaba la lista de la revista.

1. Ten una aventura. ¿Cómo iba a tener una aventura sin Alex cuando él era el único hombre que le había hecho sentir pasión? Fue hasta el número ocho *Admítelo, te has equivocado.* Bueno, así podría tachar una cosa de la lista.

Capítulo 2

Sólo con pensar en volver a ver a Alex se le encogía el estómago. Lo que la consolaba era que eran nervios de temor, no de excitación, o eso se decía. Aquello no tenía nada que ver con el beso que le había dado, con sus manos ásperas acariciándola y ese olor tan especial, una mezcla muy atrayente de sol, polvo y sudor.

Dejó escapar un largo suspiro. Eran sólo nervios.

Buscó su dirección en la tarjeta que le había dejado y descubrió que llevaba la empresa desde su casa. Se vistió con unos pantalones pirata y una camiseta de cuello barco de color negro para evitar apelativos tipo «princesa» y fue hasta allí.

Era una pequeña casita en las afueras y no le costó demasiado encontrarla, al menos fue más fácil que encontrar el coraje para ir a verlo.

Llamó al timbre y esperó un minuto sin

respuesta antes de volver a llamar.

—¡Entra! —llamó la voz de Alex.

La puerta estaba abierta, así que entró. La puerta daba directamente al salón, decorada con algunos muebles de estilo típico de un hombre soltero. Había cajas de mudanza apiladas contra las paredes.

En el fondo del pasillo, en una habitación, se oyó el rugido de un motor y decidió seguir el sonido. Allí estaba Alex, subido a lo alto de una escalera. La postura hacía que se notaran más los músculos de sus piernas. Estaba poniendo un falso techo de planchas de escayola fijándolas con un destornillador eléctrico.

Las paredes estaban desnudas y toda la habitación llena de polvo, lo que hizo que Jessica empezara a toser. Él se giró y se quedó mirándola unos segundos sin dar crédito a lo que veía. Después volvió la vista al techo y aseguró la plancha de escayola con tres tornillos.

Jessica estaba fascinada por el movimiento de sus anchos hombros. Estaba acostumbrada a ver hombres vestidos con pantalones de pinzas, camisas, trajes... ropa que mostraba la posición de un hombre, no su fuerza, como denotaban los vaqueros desgastados y la camiseta blanca que llevaba Alex.

Alex bajó de la escalera, la saludó con una

inclinación de la cabeza y se sacudió el polvo de las manos en los pantalones. No era una bienvenida muy calurosa, pero no podía pedir más teniendo en cuenta las circunstancias.

—Quería disculparme por lo de ayer y darte una explicación.

Después de oír esto, la desconfianza pareció desaparecer de su mirada

—Salgamos de aquí. En este cuarto hay mucho polvo.

Salieron al jardín trasero, lleno de hierbas y árboles frutales que habían estado descuidados mucho tiempo. Alex la miraba como si estuviera valorando sus reacciones.

—Es bonito —dijo ella, sentándose en un banco junto a una mesa de jardín—. En otoño tendrás todas las manzanas que quieras de esos manzanos.

—Mis padres trabajaron en la recogida de las manzanas durante treinta años. Odio las manzanas.

Vaya, no empezaba bien la cosa.

Él, sentado frente a ella, cruzó los brazos sobre el pecho y la observó. A Jessica se le aceleró el pulso.

—¿Has venido a admirar el paisaje o a hacerme perder otra tarde?

Parecía estar disfrutando al ponerla en aquella situación. Tenía que haber estado enfadada, pero era incapaz. Su sonrisa le estaba cortocircuitando las neuronas.

—Como ya te he dicho —dijo ella, intentando acabar cuanto antes—, he venido a disculparme. Creo que ayer te di una impresión equivocada.

—Entonces —apuntó él, levantando una ceja—, ¿quieres reformar la cocina?

—No, pero debiste de creer que te había llamado para... acostarme contigo, y no fue por eso.

—¿Entonces no quieres acostarte conmigo?

—¡No! —después de decirlo vio el brillo juguetón que tenía en la mirada—. Creerás que es una estupidez.

—Dímelo de todos modos.

Y ella quería decírselo. Como en el instituto, sentía con Alex Moreno una especie de intimidad implícita. Sentía que podía contarle cualquier cosa y que él nunca lo utilizaría en su contra. Además, el estaba mucho menos enfadado que el día anterior, así que tendría que darle la razón a *Picante* por el consejo de disculparse.

—Todo empezó por una lista, o mejor dicho, cuando fui a Suecia.

—¿A Suecia? —en sus labios se dibujó una sonrisa inexplicable.

—Por trabajo. Una empresa sueca nos contrató para que diseñáramos sus programas informáticos, así que yo tuve que ir allí para instalarlos y formar a los empleados. Acepté ir creyendo que a la vuelta me ascenderían.

—Déjame adivinar. Al final no te ascendieron.

—Tres días antes de mi vuelta le dieron el puesto que yo esperaba a otra persona. Lo irónico es que mientras estuve en Suecia, todos decían lo mucho que estaba trabajando y lo bien que lo estaba haciendo. Realmente trabajé lo mismo que aquí. Entonces vi una lista en una revista, *10 cosas que todas las mujeres deberían hacer*. Puede sonar estúpido, pero pensé que si hacía aquellas diez cosas, mi vida cambiaría. Estoy cansada de trabajar sin que se me reconozca y estoy cansada de dejar mi vida de lado esperando un ascenso que nunca llega —lo miró buscando algún signo en su rostro de que aquello era una estupidez—. Sé que es una lista, pero es un principio.

—¿Y cómo encajo yo en todo esto? ¿Hay algo en esa lista en lo que yo pueda ayudarte?

Ésa era la pregunta que ella había estado temiendo, pero tenía que ser honesta con él, así que tragó saliva y, con las mejillas encendidas dijo:

—El número uno de la lista es «Ten una

aventura» —hablar de sexo con Alex le provocaba fuego en otras partes del cuerpo además de en la cara.

Él asintió y ella pensó que no iba a responder.

—Y pensaste que yo sería un buen candidato.

Ella se encogió de hombros, deseando que aquello no le sonara demasiado raro. Pero lo cierto era que, hasta donde ella sabía, a Alex no le faltaban mujeres y ella sería una más de las que querían tener una aventura con él.

—Sí. Pensaba que serías un buen candidato.

Algo en sus ojos llamó su atención. De nuevo volvió a sentir ese tirón irrefrenable de atracción. Era pasión, pero también algo más, algo mucho más inquietante.

Esperó un momento a que él dijera algo y al cabo de unos minutos de silencio, se levantó.

—Creo que debería marcharme.

—Espera —dijo él, y le agarró el brazo.

Se quedaron así unos segundos, sintiendo el tacto de la piel del otro. En ese momento ella se dio cuenta de que no había ido allí esperando que la perdonara, sino con la esperanza de... ¿de qué? ¿Esperando que él la deseara tanto como ella lo deseaba a él? ¿Que el beso de la noche anterior fuera más que un simple beso? ¿Que se hubiera pasado toda la noche despierto, deseoso, pensando en ello, al igual que ella?

Sí a todo. Lo que deseaba en realidad era que la volviera a tocar. Después de haber sido acariciada y mimada toda la vida por hombres de manos suaves, ahora quería a aquel hombre duro, que sus manos ásperas la tocaran.

Lo malo era que él no parecía querer lo mismo. No parecía muy interesado, pero el beso de la cocina había sido muy intenso. Pero ella quería algo más: quería el tipo de pasión que no se puede frenar, y no se conformaría con menos.

Alex la miró caminar hacia su coche y le dejó dar tres pasos antes de detenerla. No sabía por qué, pero no quería dejarla marchar de ese modo.

—Espera, Jessica.

Ella se volvió hacia él, con la espalda rígida y la barbilla levantada. Parecía fría y tenerlo todo bajo control, pero bajo esa cubierta, era vulnerable, y por eso él no podía dejarla marchar.

—¿Por qué yo? Cuando decidiste tener una aventura apasionada, ¿por qué me elegiste a mí?

Sabía que era una tontería preguntar. Pero

él deseaba pasar tiempo con ella casi tanto como llevarla a la cama y hacer toda clase de cosas pecaminosas con su cuerpo.

Jessica no contestó inmediatamente. Lo estudió como si estuviese valorando si podía o no confiarle la verdad. Por fin dijo:

—Estaba loca por ti en el instituto. Tú estabas en el último curso y yo en el penúltimo. Todo empezó el día que... —apartó la mirada de él y se sonrojó levemente—. Seguro que ni te acuerdas.

—Prueba —sabía perfectamente a qué día se refería.

—Un día volvía a casa sola después de clase y unos chicos me acorralaron en el atajo detrás de la casa de los Dawson que yo solía tomar. Uno de ellos era Ronald Morse. Se habían llevado a su hermano por conducir borracho. Mi padre era el juez y ese chico tenía antecedentes, así que no tenía opción. Ronald quería culpar a alguien de lo de su hermano y supongo que yo era un blanco fácil.

Por el modo en que hablaba de ello, sin resentimiento ni ira, Alex se preguntó cuántos otros chicos la habrían odiado y culpado por el poder que tenía su padre.

—Así que yo estaba sola con estos tres chicos hasta que tú llegaste y...

—Y te salvé —acabó la frase por ella porque no podía soportar el tono de adoración de su voz.

—Te acuerdas —y volvió a mirarlo a los ojos.

Se acordaba perfectamente de aquellos tres chicos enormes, tontos y buscando una excusa para acorralar a Jessica contra un árbol. Así era como la tenían cuando llegó él. Tenía que estar aterrada, pero intentaba contener toda emoción para no incitar su rabia, así que incluso la oyó hablarle con calma a Ronald diciéndole que su hermano tendría ayuda y que sería para mejor.

Alex estaba escondido tras una valla, preguntándose qué hacer. Si los chicos no la dejaban irse, tendría que salir a ayudarla, pero tres contra uno no suponía muchas oportunidades.

—Todo fue muy rápido —levantó a los ojos buscando los de él—, aparecieron de repente. Y entonces llegaste tú.

Al ver a Morse inclinarse sobre ella, actuó por instinto y la llamó. No la llamó «Jessica», ni Sumners, como la llamaba Morse, sino «Jess».

—Me llamaste por mi nombre y eso debió de sorprenderlos —ella tenía una expresión pensativa que lo incomodaba—. Yo aproveché el despiste y pude escapar.

Ella corrió junto a él. Sin pensarlo, él le pasó el brazo por encima de los hombros y juntos

39

llegaron hasta la calle. Allí le quitó el brazo de los hombros, pero siguió caminando a su lado, sobre todo al ver que los muchachos los miraban desde lejos. Cuando doblaron una esquina y los perdieron de vista, ella lo tomó de la mano y no lo soltó. Lo único que se le pasaba a él por la cabeza entonces era que nunca había imaginado que iría con Jessica Sumners de la mano, y que estaría tan a gusto con ella.

Entonces ella lo miró con los ojos más azules que él había visto nunca y una expresión seria, no distante ni reservada, como cuando se cruzaban en el instituto, sino llena de emoción. Era gratitud, y algo más. Era como si lo estuviera viendo por primera vez. Tal vez así fuera. Las buenas chicas como Jessica no se fijaban en él.

Ella estaba tan cerca que cuando se levantó un poco de viento, un mechón de su cabello voló muy cerca de él, llevándole su olor, limpio y fresco. Muy distinto del fuerte olor a perfume de sus hermanas.

En ese instante se dio cuenta de dos cosas: primero, quería besarla desesperadamente y comprobar si sabía tan bien como olía. En segundo lugar, ni siquiera debería tocarla.

Jessica Sumners era perfecta, nunca se metía en líos y seguro que nunca había besado a un chico como él. Ni en la oscuridad de un coche en una calle solitaria ni, desde luego, a cuarenta pasos de su puerta.

Hacía menos de un mes había estado en el tribunal de su padre y éste le había recomendado «tener las manos limpias y no meterse en líos». Podía imaginarse que estar con la hija del juez sería meterse en líos.

A pesar de todo, o tal vez por eso, le soltó las manos a Jessica y se las metió en los bolsillos.

Ella abrió la boca para decir algo, pero él la interrumpió.

—Me quedaré aquí hasta que estés dentro —ella asintió—. No vayas sola a ningún lado. Intenta que te acompañen para volver a casa.

—Le pediré a nuestra doncella que venga a esperarme a la salida de clase hasta que esto pase.

Claro, la doncella. Él no había pensado en eso.

—Buena idea.

Pero ella lo miraba como si quisiera decirle algo más, como si fuera su héroe. Demonios, lo último que necesitaba era que Jessica Sumners se enamorara de él. Eso sí que le complicaría la vida.

—Vamos —dijo, haciendo un gesto con la cabeza hacia la casa. Con tono de aburrimiento, añadió—: Tengo cosas que hacer.

Ella parpadeó y echó a correr hacia la mansión donde vivía. No se había vuelto a mirar hacia atrás, así que no vio que él se quedó allí media hora, arrepintiéndose del último comentario que había hecho.

Ahora, tantos años después, viendo a Jessica frente a su casa, se le antojaba como si nada hubiese cambiado. Ella estaba fuera de su alcance como lo había estado aquella tarde de primavera. Y parecía seguir sin darse cuenta de cuánto la deseaba.

—Te busqué al día siguiente en clase —dijo ella—. Supongo que quería... No lo sé.

Tal vez ella no supiera lo que había querido entonces, pero él sí. Había querido recuperar esa conexión que ambos sintieron en aquel momento antes de separarse, con las manos entrelazadas.

Cuando ella lo miraba, como en aquel momento, él se sentía un héroe. Algo irónico, teniendo en cuenta las cosas que su libido le pedía que hiciera.

—¿Por eso te gustaba? ¿Porque te salvé de unos matones de instituto? —suspiró—. Jess, parece que lleves todos estos años creyendo que soy un héroe, pero eso lo hubiera hecho cualquiera. Ni era un héroe ni era, tan siquiera, un buen chico.

—Lo que hiciste tal vez no significara nada para ti —saltó ella—, pero sí para mí.

—Un error de cálculo.

—Alex, ¿tan malo sería que dejaras ver a la gente que bajo tu exterior duro y rebelde hay una persona agradable y decente?

A Alex se le hinchó el corazón al oírla decir eso, pero se recordó que había también otras partes de su cuerpo que también aumentaban de tamaño cuando ella estaba cerca.

Le tomó la barbilla con dos dedos y la pellizcó suavemente.

—Jess, ahí es donde te confundes. En el interior soy igual que en el exterior.

Ella se puso rígida.

—No te creo. Quieres hacer creer a la gente que eres despreciable, pero no lo eres.

Él rió y le tomó la mano, sin poder resistirse.

—Soy mucho peor que eso. ¿Sabes qué estuve pensando todo el camino de vuelta a casa el otro día? —ella sacudió la cabeza—. Lo mucho que deseaba besarte.

—Pero...

—Tú pensabas que yo era algo así como un héroe, y yo sólo pensaba en cómo levantarte el vestido —él no la miraba a la cara, sino a la mano que no dejaba de acariciarle—. Te hubiera penetrado en cualquier momento si me hubieras dado la oportunidad.

—No te creo —dijo ella, apartando la mano.

Esa vez sí la miró a la cara para estudiar su expresión, sin resultados.

—Tienes razón en lo de que pensaba que eras un héroe —dijo ella—. Si lo único que querías era...

—Penetrarte —apuntó él ante su duda.

—Eso. Si era eso lo que querías, podías haberlo tenido.

Al oír aquellas palabras dichas en un susurro, la sangre fluyó a toda velocidad hacia su entrepierna haciendo desaparecer todo su autocontrol. Su calma y su mirada sincera le decían que iba en serio. Él se echó a reír.

—Menos mal que entonces no lo sabía.

Entonces le tocó reír a ella, aunque parecía algo avergonzada.

—Llevo todo este tiempo pensando que no te interesaba —se encogió de hombros—. Siempre que te buscaba en el instituto, estabas con amigos o con esa novia tuya... ¿Cómo se llamaba?

Alex tuvo que pensarlo. Era curioso, había salido durante meses con ella pero apenas recordaba su nombre ni su cara, y sin embargo, recordaba perfectamente la expresión de Jessica cuando le dio la mano, la ropa que llevaba y su olor. Y...

—Sandra.

—Eso es. Siempre estabas rodeado de gente. Creía que me estabas evitando a propósito.

—Así era. Tampoco nos hubiera beneficiado que la gente pensara que había algo entre nosotros.

Él sabía que era imposible para él tener una relación con ella. Ella era una chica de sobresalientes y la hija del juez del condado. Él era hijo de trabajadores inmigrantes, iba un curso retrasado y su expediente policial era más abultado de lo que ella podía imaginar. Nada de eso podía evitar que la deseara, pero sí que actuara.

Había hecho tan buen trabajo evitándola, que un día ella deslizó una nota en su taquilla agradeciéndole haberla rescatado.

—Pensaba que sabías que me estaba enamorando de ti e intentabas desanimarme —dijo ella.

—Y así era.

—¿Y por qué me respondiste?

Porque no había sido capaz de resistirlo.

—No lo sé.

Su respuesta, también a través de una nota en su taquilla, había desencadenado una correspondencia diaria.

Ella le escribía todos los días al menos una vez, para contarle cualquier cosa: una mala nota en el examen de química, que su madre le había teñido unos zapatos para hacer juego con el vestido que llevaría a una fiesta, la pelea que había tenido con sus padres sobre si ir o no a un campamento de verano.

Él le escribía con menos frecuencia, pero prestando mucha atención a los detalles. Comprobaba en el diccionario cómo se escribían las palabras para no poner faltas de ortografía y buscaba vocabulario en los diccionarios de sinónimos para parecer más inteligente a sus ojos.

Aquellas tres semanas que habían intercambiado notas habían sido las más felices de su adolescencia. Después, un día recibió una nota en la que ella le preguntaba si quería llevarla al baile de fin de curso.

Él sabía que no podía hacerlo, por más que lo deseara. Y no había tenido fuerzas para decirle que no, así que simplemente dejó de escribirle.

—Yo creía que pensabas que era una niña molesta —le dijo—, pero me encantaba recibir tus notas. Me imaginaba que yo era tu novia, en lugar de Sandra —se detuvo un segundo, perdida en recuerdos del pasado—. No podías quitarle las manos de encima. ¿Sabes que una vez te vi besarla?

Claro que lo sabía. Llevaba toda la semana evitando a Jessica, pero sabía que en algún momento lo pillaría solo y que si ella lo miraba con aquellos ojos tan azules, haría algo estupido como besarla.

Así que hizo algo que estaba seguro que la

espantaría: besó a Sandra delante de ella, y no fue un beso casto en los labios, sino todo lo contrario.

—No he visto a nadie besar de ese modo en la vida real —rió Jessica—. Ese beso... fue como de película. Y entonces pensé que eso debía de ser la pasión. A mí nunca me habían besado de ese modo hasta entonces —volvió a reír y a sonrojarse—. Ni lo han hecho todavía.

—Jess...

—Nunca he sentido esa pasión por nadie, ni nadie la ha sentido por mí —dijo ella, mirando al suelo.

—Jess —repitió él, y sin poder contenerse, le tomó las manos entre las suyas.

Ella lo miró, sin más emoción que una simple resignación. Después retiró las manos, se colocó la hombrera del bolso y se giró para marcharse.

—No quiero que sientas lástima por mí.

—No es eso —protestó él—, pero si crees que ningún hombre ha sentido pasión por ti, creo que subestimas el poder que tienes sobre los hombres.

Ella entrecerró los ojos y sacudió la cabeza.

—No necesito tu lástima ni que intentes animarme. Sólo he venido para disculparme y que no creyeras que voy buscando acostarme con la gente a la que empleo. Nunca he pensado en ti de ese modo.

Echó a andar hacia la calle y al cabo de unos segundos él la detuvo.

—¿Y entonces?

—Supongo que quería sentir ese tipo de pasión —ella volvió a girarse y él la dejó marchar.

Si se quedaba más tiempo, tal vez él no aguantara más y le dijera la verdad, lo que ya entonces sentía por ella, lo que la deseaba entonces y lo que la deseaba ahora.

Y que había sido ella quien inspiró la pasión de la que hablaba. Cuando besaba a Sandra y la abrazaba, imaginaba que era Jessica, porque era a Jessica a quien deseaba besar.

La deseaba aunque sabía que no podía tenerla. Igual que lo sabía ahora.

CAPÍTULO 3

—Lo que tenemos que hacer —dijo Patricia, haciéndole un gesto a Jessica para que entrase en su casa—, es buscar a otro hombre con el que puedas tener una aventura.

—Pero no quiero encontrar a otro hombre —protestó Jessica mientras Patricia la arrastraba hacia su cuarto.

—¿No quieres hacer todo lo que pone en la lista?

—Sí, pero...

—No hay peros que valgan — dijo Patricia, con los brazos en jarras—. Vamos a buscarte un hombre y para eso vamos a ir de bares.

—¿De bares? ¿Es necesario?

—Pues sí, si quieres conocer gente —dejó caer las manos—. No vas a abandonar, ¿verdad?

—¡No, señor! —respondió Jessica con tono de recluta militar.

Patricia la miró con fiereza antes de echarse a reír.

—Ésa es la actitud que me gusta. Vamos a buscar algo de ropa para ti.

—¿Es que no puedo ir así vestida? —dijo ella, mirándose.

—Bueno, no, a no ser que vayas a tomar el té con la reina de Inglaterra.

—Pero. . .

—Hazme caso y confía en mí —Patricia desapareció en su ropero.

Aquello no le sonaba nada bien, pero pensó en la lista y respondió:

—De acuerdo.

Patricia emergió del armario cargada con un montón de ropa y con unas botas altas de cuero negro.

—No te importa llevar calzado de otra persona, ¿verdad? Van a juego con el conjunto.

A Jessica lo que menos le importaba de esas botas era que fueran de otra persona.

—No sé si me van a valer —apuntó, esperanzada.

—Seguro que sí. A mí me quedan un poco grandes así que a ti te vendrán perfectas.

—Genial —dijo, sin quitarle ojo a las botas.

—Ten, ponte esto —dijo Patricia, tirándole una camiseta de tirantes y una falda negra.

Jessica era diez centímetros más alta que Patricia, y la camiseta y la falda parecían diminutas.

—Patricia, no voy a caber aquí dentro.

—Claro que sí. La camiseta es de lycra, así que se ajusta.

—Eso no es nada tranquilizador.

—Tranquila, te quedará bien. Además, la falda es de cuero. ¿No venía algo de faldas de cuero en la lista?

—No lo sé, pero yo no me voy poner esto. Estaré ridícula.

—¿Cuánto tiempo hace que no vas a un bar?

—¿A uno de verdad? Desde la universidad.

—Vale, siete años —Patricia sacudió las manos, nerviosa—. Piensa en la lista. Piensa si quieres seguir siendo la aburrida Jessica Sumners o una chica Picante.

—De acuerdo. Picante —se puso la camiseta y vio que le quedaba mejor de lo que había imaginado. La falda era corta, pero no excesivamente.

—Con las botas estarás muy provocativa —le dijo Patricia.

Cuando se miró al espejo, Jessica, dubitativa pero decidida a ser una chica Picante, se dijo que la falda era unos veinte centímetros más corta que la más corta de sus faldas, la camiseta dejaba a la vista algo de piel por algún lado cada vez que se movía y las botas... su madres se desmayaría sobre su copa de martini si la viera con esas botas.

—Alex te suplicaría de rodillas si te viera así vestida —dijo Patricia.

—Eso estaría bien —río ella.

Patricia fue a su lado y se miraron las dos en el espejo.

—Olvídate de Alex —dijo Patricia—. Estás tan estupenda que tendrás que quitarte a los hombres de encima.

A pesar de lo que acababa de decir Patricia, Jessica tenía sus dudas al respecto. Quería a alguien que:

A. Lo dejara todo para tener una aventura apasionada con ella.

B. Que la deseara tan apasionadamente que se olvidara de todo menos de ella.

C. Que le hiciera olvidar a Alex.

Sí, eso era todo. En otras palabras, lo que estaba esperando era un milagro.

Alex no era de los que recurren a la compañía de una botella para olvidar sus penas, pero lo cierto era que tampoco había probado, pensó mientras acariciaba el cuello de su botella de cerveza. Se acabó la cerveza y la dejó sobre la mesa.

Miro a su alrededor. Aquél no era un bar de verdad, sino uno para yuppies. Se veía en el mobiliario y en la música que sonaba a todo volumen, pero a su hermano Tomás le gustaba el sitio y era el primer día que él salía desde que llegó a Palo Verde.

—¿Qué te parece el sitio? —dijo Tomás.

Alex ocultó la sonrisa y el comentario sarcástico y dijo:

—Está genial. ¿Vienes mucho por aquí?

Tomás dio un trago a su cerveza y sonrió travieso.

—Es la primera vez que vengo. Es un sitio lamentable, pero gracias por mentir.

—Si crees que es tan malo ¿por qué me has traído aquí?

—Parecías necesitar desahogarte.

Mientras protestaba, se decía a sí mismo que Tomás tenía razón. Aquel bar debía de ser el lugar de encuentro de la gente bien de Palo Verde y estaba lleno de mujeres guapas. Alex podría haber ligado con alguna de ellas seguramente, pero en aquel momento, la única mujer con la que quería acostarse era con Jessica Sumners.

Se decía a sí mismo que ella no era apropiada para él, que no tenían nada en común y que acostarse con ella no le traería más que unos momentos de placer... pero no conseguía sacársela de la cabeza. Ni siquiera la cerveza.

—¿Quieres otra? —dijo, señalando la cerveza vacía.

—Claro.

Unos minutos más tarde, Alex caminaba hacia la mesa con un par de botellas en la mano cuando vio entrar a Jessica. Apenas la reconoció por cómo iba vestida, pero su postura la delató. Incluso en el bar, parecía una princesa. Al verla se quedó helado.

Estaba con una amiga más bajita y rellenita, y a su lado, Jessica parecía una diosa. El pelo le caía como una cascada rubia sobre los hombros

Entonces, como si hubiera sentido que la estaba mirando, se giró hacia donde estaba él y dio un paso atrás chocándose con la puerta. Al ver que no tenía escapatoria, dejó de mirarlo y se bajó la camiseta.

El gesto atrajo la atención de Alex sobre su ropa e hizo que agarrara las botellas con más fuerza. No iba más provocativa que el resto de chicas del bar, pero el conjunto sobre su espléndido cuerpo era una bomba de relojería. Y su expresión, una mezcla de inocencia y seducción, acabó de desarmarlo por completo. Se llevó una de las cervezas a los labios y dio un largo trago. ¿Cómo habían podido acabar en el mismo bar?

Alex, ensordecido por los latidos de su corazón, apenas podía oír la música del bar. Se quedó esperando a que llegara donde estaba él, pero ella le murmuró algo a su amiga al oído y ésta, que iba delante, se dirigió hacia la otra esquina.

No podía creer que ella estuviera en un sitio como aquél. Tomó otro sorbo de cerveza y fue hacia donde lo esperaba su hermano convenciéndose a sí mismo de que se alegraba de que ella lo hubiera evitado. Sólo por haberla imaginado en sus fantasías sexuales la última semana no tenía por qué querer que ella fuera a su encuentro. Y menos así vestida. Y menos con su autocontrol tan debilitado.

Dejó las dos cervezas en la mesa y se sentó frente a su hermano.

—Gracias —Tomás tomó un trago y señaló con la botella—. Cuando has ido a por las cervezas he visto entrar a dos mujeres y una de ellas me ha parecido la hija del juez Sumners. ¿Te acuerdas de ella? Iba a nuestro instituto.

—No —mintió para cortar la conversación.

—Pues está pero que muy bien. ¿Crees que ya era así de atractiva en el instituto?

—No sé —demonios, ni la semana pasada mientras la besaba estaba tan atractiva.

Tomás dio un trago para tomar fuerzas, dejó la cerveza en la mesa y se levantó.

—¿Adónde vas? —preguntó Alex agarrándolo del brazo.

Tomás señaló el lado de la barra donde estaban Jessica y su amiga. Esta última llevaba un vestido rojo con el escote cruzado y estaba sentada en una banqueta de espaldas a la barra con los codos apoyados sobre ella, con lo que su espalda se arqueaba y marcaba más sus pechos. Jessica estaba a su lado; parecía incómoda, pero de lo más sexy.

—Voy a saludarla —dijo Tomás—. Quedaría muy mal si no lo hago.

—Siéntate —dijo, intentando no parecer irritado, sin éxito.

—¿Qué pasa? —preguntó Tomás—. ¿Vas a intentarlo con ella?

¿Con Jessica? No, desde luego. Eso era lo que intentaba evitar.

—Mira —dijo, sin saber qué decir—. Jessica está...

—¿Jessica? Entonces sí te acuerdas de ella —lo interrumpió su hermano.

—Está pensando hacer una reforma en la cocina.

—¿Eso es todo? —preguntó Tomás—. Entonces no te importará que vaya a saludarla, ¿o sí?

Alex asintió aunque se vio tentado a hacer algo más drástico. Eso era lo malo de la familia: siempre sabían encontrarte el punto flaco. Su deseo de mantener a su hermano alejado de Jessica se oponía a su instinto para no caer en la broma.

—Déjalo estar, Tomás —advirtió.

Tomás echó una mirada hacia la barra.

—Parece que he perdido mi oportunidad.

Alex miró hacia donde estaban Jessica y su amiga y vio que habían atraído a un montón de gente cerca de ellas.

Sintió que se le caía el mundo a los pies. Un hombre que parecía salido de una portada de revista estaba levantando a la amiga de Jessica sobre la barra. Ella, con una sonrisa traviesa, se tumbó sobre ésta, apoyándose sobre los codos y levantando los pechos, atrayendo las miradas de todos los hombres que había a su alrededor.

Pero no la de Alex, que inmediatamente buscó a Jessica con la mirada. Menos mal que estaba intentando alejarse de la barra en lugar de acercarse a ella, pero la tarea no le estaba resultando fácil teniendo en cuenta la cantidad de hombres que se estaban acercando. Su amiga estaba invitando a los hombres a tomar el tequila de su vientre, pero Alex no estaba preocupado por ella, sino por el hombre en vaqueros y camisa de franela que no le quitaba el ojo de encima a Jessica.

Algo le decía a Alex que si no la detenía, Jessica estaría pronto también tumbada sobre la barra.

CAPÍTULO 4

—Te toca a ti, cariño —le susurró una voz grave al oído.

Jessica apartó la mirada del horrible panorama de Patricia tumbada sobre la barra con un vaso de tequila sobre la tripa para el siguiente de la cola.

El hombre se secó una gota de licor de la barbilla con el dorso de la mano y le dedicó una sonrisa poco agraciada.

—¿Yo? —dijo Jessica, agarrándose la garganta.

—Sí, caramelito. Eres mía.

Ella dio un paso atrás y chocó con la masa de hombres que esperaban su turno para el trago de tequila. Se movió a la izquierda e intentó disuadirlo.

—No soy nada dulce.

El bruto soltó una risotada.

—No me importa. Me gustan las mujeres un poco ácidas —alargó las manos hacia ella y ella consiguió esquivarlo de milagro.

—Yo no. . .

—No seas tímida —dijo agarrándola por el brazo con una mano enorme y tirando de ella.

Jessica le puso la otra mano en el pecho para apartarlo, pero era anchísimo y mucho más alto que ella. Su cuerpo era blando, como carne cruda, pero no había forma de moverlo, o sea que más bien como un cadáver de vaca. Empezaba a sentir náuseas.

—No me gusta el tequila —dijo ella.

—No eres tú la que lo va a beber —dijo él entre risotadas con las manos sobre su cintura.

La levantó sin esfuerzo y la subió a la barra muy cerca de Patricia. Por suerte todas las miradas estaban centradas en su amiga y nadie parecía prestarles atención a ella y al bruto. Lo malo era que el bruto no le prestaba atención a nada más.

—Loonie —llamó el bruto—. Pon un trago aquí.

—Oh, no —ella intentó bajarse pero el hombre no la dejaba.

El camarero hizo un gesto de haberlo oído, pero estaba ocupado sirviendo a otras personas. Eso le dio a Jessica unos segundos para pensar. Buscó en el bolsillo de su chaqueta y encontró dos billetes de veinte, las llaves y el spray de pimienta. Quería tenerlo a mano por si acaso.

Antes de que pudiera negociar diplomáticamente con el hombre, Alex apareció abriéndose camino hacia ella con una facilidad que debía de dar la costumbre.

Por un instante, cuando sus miradas se encontraron, ella se olvidó de quién era. Todo se volvió borroso a su alrededor y se quedó en silencio. Por primera vez desde su vuelta a Palo Verde, Alex volvía a ser el hombre peligroso y duro que había sido antes de marcharse.

Apartó la vista de él y todo volvió a la normalidad, si se podía llamar normalidad a aquella situación. El camarero dejó un salero a su lado y un bol lleno de trozos de limón. El tequila rebosó el vaso al lado de su muslo desnudo.

El bruto le ofreció el bol con los limones y le dijo:

—Allá vamos, preciosa.

—Gracias, pero no —respondió ella, decidida, devolviéndoselo.

Antes de que el hombre pudiera decir nada, Alex tomó el bol de sus manos.

—¿Qué demonios...?

—Ella está conmigo —dijo Alex con una voz dura y tensa.

Ella lo miró pero él tenía los ojos fijos en el hombre.

El bruto hinchó el pecho de indignación.

—No ha entrado contigo.

Alex era delgado y fibroso, y aunque medía casi dos metros, el otro era aún más alto y más ancho. Pero él no se apartó. Ni siquiera parpadeó cuando le dijo sin mirarla:

—Jessica, dile tú que estás conmigo.

El bruto la interrogó con la mirada.

Jessica sólo pudo asentir con la cabeza. A su alrededor, todo era ruido y jaleo, pero ellos estaban en silencio y en tensión, como en el ojo del huracán. Ella contuvo el aliento esperando a que uno de los hombres se apartara primero, pero ninguno de los dos lo hizo. A ella le costaba mirar a Alex. Era duro, pero el otro tipo era enorme y lo haría picadillo.

De repente el bruto dio un paso atrás y la miró.

—¿Estás segura de que estás con él?

Antes de que ella pudiera contestar, Alex dio un paso hacia delante.

—Claro que está conmigo —le puso una mano en el muslo—. ¿Verdad, cariño?

Pero no le dio tiempo a contestar. Le separó las piernas, le puso las manos sobre las caderas y le dio un beso rápido y duro. Cuando ella empezaba a entregarse, él se apartó y empezó a darle besitos en el cuello.

—¿Qué estás haciendo aquí? —preguntó.

Las caricias de sus labios la hacían estremecerse, pero se centró en las palabras y en su tono irritado.

—¿Qué estás haciendo tú aquí?

—Salvarte el trasero de El Increíble Hulk, ni más ni menos.

Claro. Otra vez la estaba rescatando. No había cambiado de idea ni la encontraba irresistible de repente. Molesta por el modo en que se estaba emocionando mientras que a él le daba igual, saltó:

—Mi trasero no necesita que nadie lo salve, muchas gracias. Tenía todo bajo control cuando tú llegaste —dijo susurrando, para que nadie más los oyera.

Él se apartó y la miró a los ojos.

—Si quieres que Hulk beba tequila encima de ti, por mí encantado.

El Increíble Hulk, que parecía mirarlos muy interesado, agarró a Alex por el brazo y lo apartó.

—Me parece que no está contigo.

Alex se encogió de hombros con expresión de desinterés.

—Jess, ¿tú qué dices? ¿Quieres que beba yo o que beba él?

Ella se quedó mirando a los dos hombres. Alex la miraba con una ceja levantada y Hulk la miraba primero a ella y luego a él. No tenía elección, realmente. No iba a dejar que Paul se acercase a ella y Alex lo sabía. Maldición. Ojalá pudiera borrar esa expresión de su cara.

Te crees muy listo, ¿verdad?

Inclinando levemente la cabeza en un gesto copiado de Patricia, miró a Alex mientras se enrollaba un mechón de pelo en el dedo.

—Alex, cariño, claro que quiero que seas tú —lo vio quedarse boquiabierto y continuó—, que seas tú el que beba.

Le recorrió la pierna con la puntera de la bota mientras sonreía al bruto.

—No te importa, ¿verdad? Puedes mirar.

El hombre sonrió y dijo:

—Recuerda que aquí estaré si cambias de idea.

Alex la miraba como si quisiera estrangularla, pero le estaba bien empleado por intentar manipularla. En ese momento se dio cuenta de que ella había provocado que bebiera de su cuerpo en medio de un bar. ¿Qué era peor? ¿El hecho de que le besaría y chuparía la piel o que lo estaría haciendo en público?

—Bien —dijo él entre dientes—. Acabemos con esto.

—Cuando quieras.

Él levantó la ceja y Jessica se dio cuenta de que estaba esperando a que ella hiciera algo. Lo cierto era que no había visto hacer eso nunca antes de aquel día, así que se fijó en Patricia, que estaba tumbada sobre la barra y se había puesto sal sobre el vientre. Un hombre estaba lamiéndola de arriba abajo, algo que Jessica no podía imaginar hacer en público con nadie. Pero seguro que había otras formas de hacerlo.

Decidida a probar, se quitó la chaqueta, se colocó una rodaja de lima en la clavícula a la vez que sostenía el salero con una mano y el vaso con la otra.

Se sintió muy orgullosa de sí misma por la ocurrencia hasta que Alex dio un paso adelante y le lamió el lugar donde estaba el limón. En ese momento sintió una oleada de deseo que arrasó cualquier otra cosa que pudiera notar en ese momento.

Su lengua, húmeda y caliente, recorrió su cuello hasta llegar al hueco en el centro de su clavícula. Después tomó el salero y roció la zona húmeda con sal. Su piel estaba tan sensible que podía notar el frío de cada grano de sal cayendo sobre ella. Tenía mucho calor y su vientre empezó a palpitar. Estaba lista para que volviera a tocarla.

La gente desapareció mientras él se acercó con las manos aún sobre sus caderas. Ella cerró los ojos al notar su aliento sobre la piel y le pareció que todo se detenía.

Había esperado que lamiera la sal rápidamente, como había visto hacerlo a otros hombres sobre Patricia, pero Alex no lo hizo de ese modo. Él lamió lentamente cada grano de sal, uno a uno. A Jessica le pareció que todo daba vueltas y que estaba en un tiovivo en lugar de sentada en una barra de bar bien fija al suelo. Apretó las rodillas como si quisiera aferrarse a algo.

Él seguía acariciándole el cuello, golpeando una y otra vez con la lengua el pulso, recordando un acto mucho más íntimo. Ella tembló y gimió, arqueándose hacia él, a punto de pedirle que se detuviera. O que no lo dejara nunca, no sabía cual de las dos cosas. Después empezó a darle besos suaves y por un momento ella pudo sentir que él también tenía el pulso acelerado y que respiraba precipitadamente.

De repente, se apartó. Con el cuerpo tenso y movimientos rápidos, tomó el trozo de limón de su cuello con los dientes y lo mordió, dejando que una gota de zumo corriera sobre su piel. Después se incorporó para tomar el tequila y dejó el trozo de limón sobre su piel hipersensibilizada.

Vació el vaso de tequila de un trago y luego lo dejó de un golpe sobre la barra. Eso fue lo que la hizo volver a la realidad.

Fue como si la despertaran bruscamente mientras estaba teniendo un sueño y fuera de repente consciente de todo lo que ocurría a su alrededor: la música, la masa de gente, el olor a cerveza . . . y Alex. Tan cerca de ella, con los ojos oscuros casi completamente negros. Entonces fue consciente de ella misma, de su postura, sentada sobre la barra con las piernas casi rodeando a un hombre al que apenas conocía. Vaya . . .

Aquello no estaba en la lista, pero debería, porque en ese momento se sentía muy Picante. Deseó agarrar a Alex y lamer cualquier resto de tequila que le quedara en los labios. Al demonio con las apariencias y con lo que la sociedad esperaba de una chica como Jessica Sumners.

Alex la miró con los ojos entrecerrados y ella sintió de nuevo esa atracción por él. Sin esfuerzo, sujetándola por las caderas, la bajó de la barra.

—Vámonos de aquí —dijo, tomándola de la mano.

Pero ella sentía que su mandíbula prieta y esa actitud brusca no indicaban el preludio de la aventura que ella buscaba. Tal vez lo había tentado, pero había ido a rescatarla de nuevo. Qué pena. Como no tuvo fuerzas para protestar, dejó que la condujera hacia la puerta deteniéndose sólo un instante para decirle algo a un hombre que estaba sentado en una mesa. Ella supuso que sería su hermano, porque se parecía mucho a él, y quiso saludarlo.

—Hola, soy Jessica. Creo que no nos conocemos.

Tomás se levantó y le dio la mano sonriendo.

—Tomás, el hermano de Alex.

—Lo imaginaba —dijo ella, devolviéndole la sonrisa.

—Ya puedes soltarle la mano —indicó Alex, menos complacido.

—Qué mandón, ¿verdad? —dijo Tomás, soltándole la mano y señalando a su hermano.

—Pues sí —dijo ella.

—Gracias —repuso Alex, tomándola de la mano y llevándola hacia la puerta.

—No puedo marcharme así. He venido con Patricia y la he traído en mi coche. No puedo dejarla sola.

—Me parece que Patricia no tendrá ningún problema.

—Pero no puedo dejarla aquí —tal vez fuera algo normal dejar sólo a un amigo soltero en un bar, pero a ella seguía sin parecerle correcto.

—Bien —gruñó—. Ve a buscarla.

Por un momento Jessica lo miró con los ojos muy abiertos y Alex sintió que la energía que llevaba fluyendo entre ellos toda la noche, o más bien desde que fue a su casa la semana anterior, se intensificaba aún más. Después ella se giró y desapareció entre el gentío.

«Deja que se vaya», le decía su mente. «Deja que desaparezca de tu vida».

Ni siquiera se molestó en pensarlo dos veces. No iba a dejarla allí sola. No con toda esa gente un poco más bebida de lo conveniente. Además, él sabía lo que estaban pensando, porque él mismo lo había pensado. Con todos los detalles.

Pero había dos diferencias notables entre él y el resto de hombres del bar. Una era que sus fantasías se apoyaban en sus recuerdos de cómo sabía aquella piel tan maravillosa y otra, que era el único que estaba decidido a mantener las distancias.

Capítulo 5

Aunque había mucha gente en el bar, él no la perdió de vista y la siguió hasta la pista de baile. Allí le señaló la esquina del fondo, donde estaba su amiga, y le dijo:

—Ve hacia allí.

Se sentía su protector aquella noche. Ella había ido allí con su amiga intentando ser una chica dura, pero había fallado miserablemente. Aquél no era sitio para una chica como ella, al igual que él no tenía lugar en su mundo, en una de sus fiestas de sociedad, por ejemplo. Tuvo el impulso de llevársela de allí y protegerla, pero ¿de qué? ¿Del mundo? ¿De sí mismo?

Pero antes de poder hacer o decir una estupidez, la vio estirarse y caminar con expresión confusa y a la vez decidida, hacia la pista de baile. No podía hacer otra cosa que seguirla.

Patricia estaba allí bailando con uno de sus admiradores masculinos y Jessica se acercó para decirle algo. Alex no podía oír su conversación desde donde estaba, pero por su lenguaje corporal se entendía que Jessica estaba proponiendo marcharse a casa y Patricia le estaba diciendo que no se preocupara por ella. Estaba muy claro.

Por fin, Jessica fue hacia él, lo agarró del brazo y le dijo al oído.

—No quiere marcharse aún.

—Era obvio.

Él la tomó de la mano para dirigirla hacia la puerta y también para evitar que ella lo tocara. Eso era más de lo que podía soportar.

—No puedo dejarla aquí —insistió ella.

Fantástico. Alex estaba a punto de protestar cuando vio a El Increíble Hulk esperando a que se decidieran junto a la barra. Justo lo que necesitaban.

—Baila conmigo —dijo Alex, agarrandola con más fuerza.

—¿Qué?

Pero antes de que ella pudiera apartarse, él le pasó el brazo por la cintura y la apretó contra su pecho. Al desequilibrarse, ella se apoyó en él. Alex puso las manos sobre sus caderas e instintivamente la acercó más.

Fue como si su cuerpo despertara ante el contacto y la erección que ya tenía casi bajo control presionó con más fuerza contra sus vaqueros. Por un momento, lo único que pudo pensar era en lo bien que se sentía estando tan cerca de ella y cómo sería deslizar la mano por debajo de la falda y acariciar la piel de seda de sus muslos. Y hacerle el amor allí mismo, dejarse llevar completamente por ella y olvidar que estaban en un sitio público.

Para distraerse, empezó a bailar moviendo los pies despacio, pero Jessica seguía clavada al suelo. Levantó la vista y dijo:

—¿Qué estás haciendo?

—Bailar. No se puede estar parado en medio de la pista discutiendo. La gente lo nota —señaló a El Increíble Hulk con la cabeza—. No quería darle ideas a nuestro amiguito.

—Oh —dijo ella tas mirar a la barra.

—Pero si bailas de ese modo, tampoco resultará muy convincente.

Lentamente, ella empezó a mover también los pies y eso provocó una fricción entre sus cuerpos que casi lo volvió loco, así que se obligó a hablar para pensar en otra cosa.

—Si Patricia no quiere marcharse contigo, no tienes elección.

—No quiere marcharse hasta que las dos no hayamos encontrado a un hombre. Prometimos que así lo haríamos. Le he dicho que tú sólo me ibas a llevar a casa, pero no me cree.

Ya lo iba comprendiendo. Para ella, ir a casa con él no contaba como haber ligado.

—Pues déjala aquí —dijo casi en voz alta.

—No puedo.

—Jessica —gruñó él como advirtiéndole.

—¿Tú no quieres quedarte? No me importa, no te quedes. Pero yo no me voy a marchar sin Patricia, así que si me sueltas . . . —le lanzó una mirada desafiante, como si fuera la princesa de algún diminuto país europeo.

Lo único que estaba claro era que no iba a dejar a Su Majestad sola en aquel bar.

—Bien. Le diré a Tomás que la lleve a casa —murmuró, arrastrándola hacia la mesa.

—Pero . . .

—No te preocupes. La dejará en casa sana y salva, y sin dañar su ego.

Dejó a Jessica sentada al lado de un sonriente Tomás y dijo:

—Espera aquí. Iré a buscar a Patricia —y luego se dirigió a Tomás—. No la pierdas de vista.

La sonrisa de Tomás se ensanchó aún más.

Alex le hizo una mueca y consiguió resistir la tentación de tirarlo de la silla de un puñetazo. Cuando volvió con Patricia del brazo, veinte minutos después, no parecía sentirse mucho más feliz.

Tomás y Jessica estaban sentados el uno al lado del otro, hablando con las cabezas muy juntas. Vio cómo Jessica inclinaba la cabeza para oír mejor lo que le decía Tomás y de repente, lo miraba sorprendida y echaba la cabeza hacia atrás para reír a carcajadas de la broma.

Al verlos juntos, Alex sintió algo desagradable y feo retorciéndole el estómago. Un sentimiento muy poco fraternal, algo que no debía sentir por una mujer con la que no tenía nada que ver. Eran unos celos angustiosos y sólo porque Tomás había hecho reír a Jessica.

—¿Por qué te paras? —preguntó Patricia, y sólo entonces se dio cuenta de que se había detenido al ver a su hermano y a Jessica.

—Vamos —dijo sin más, enfadado a la vez por estar celoso y por dejarlo ver.

Dejó a Patricia en manos de Tomás sin ceremonias y arrastró a Jessica hacia la puerta sin molestarse en ver si los otros los seguían. En el aparcamiento estaba el Bcemer rojo que había visto una semana antes frente a su casa.

Fue hacia el coche a grandes zancadas casi sin importarle si ella lo seguía o no. ¿Qué demonios le pasaba? Jessica insistió en que ella conduciría, pero él no le hizo caso y fue directamente hacia el sitio del conductor.

—¡Muy bien! —exclamó ella, sentándose en el asiento del acompañante.

Una vez dentro se dijo a sí mismo que la princesita conducía un coche que valía más que su casa. Miró a los controles del coche para orientarse en un coche extranjero, ajustó el asiento y se dio cuenta de que iba a ser divertido conducir aquello.

—Te dije que yo debía conducir —murmuró ella, como si le leyera el pensamiento.

—Me las apañaré —dijo él, arrancando el coche en marcha atrás para salir del aparcamiento. El bar estaba fuera de la ciudad y tardarían unos veinte o treinta minutos en llegar a sus casas.

—No me has contado cómo empezaste en el negocio de la construcción —preguntó ella al cabo de unos minutos de silenció.

—Nunca me lo preguntaste —apuntó él, claramente irritado. Jessica estaba incómoda y a él lo divirtió que intentara mantener una conversación educada.

—¿Siempre lo pones tan difícil? —preguntó ella, con el ceño fruncido.

—¿Y tú eres siempre tan cotilla?

—Sólo cuando estoy incómoda —él apartó los ojos de la carretera un segundo y la vio tensa y rígida—. La forma más fácil de mantener a la gente entretenida es hacer que hablen de sí mismos.

—¿Cómo?

—Mis padres tenían aspiraciones políticas desde antes que yo naciera, así que crecí sabiendo qué hacer para mantener una conversación —miró hacia la ventana para que él no la oyera suspirar.

Él valoró sus palabras un minuto y cómo debía de haber sido su infancia en esas circunstancias. Por eso era tan seria de niña. Sus vidas habían sido muy distintas y por primera vez se le ocurrió que, a pesar de su riqueza y posición social, tal vez ella no lo había tenido tan fácil.

—Debes de haber tenido una infancia difícil.

—Tal vez —después añadió—: Para mi hermano fue más fácil. Era el hijo perfecto de un político: delegado de curso, capitán del equipo de fútbol americano y esas cosas. A mí me hubiera gustado más no ser el punto de atención y quedarme a un lado. Por eso sé mantener una conversación.

Nunca hubiera esperado aquellas palabras de ella, pero lo cierto era que tenía sentido. La chica que dejaba notas en su taquilla parecía insegura y tímida. Incluso entonces dijo una vez que le gustaría escapar de la sombra de su padre, y que sus padres la querían, pero su reputación y sus expectativas ponían mucha presión sobre ella. Entonces no comprendió bien aquello.

Como no sabía qué decir, decidió responder a la pregunta que ella le había hecho al principio.

—Mi tío era carpintero en Sacramento, pero también trabajaba en Palo Verde. ¿Recuerdas cuando reformaron el club de campo en los ochenta? Él trabajó mucho allí.

—¿Empezaste a trabajar con él después del instituto?

—Empecé a los doce años. Los fines de semana, en verano...

—¡Eso es ilegal!

—Probablemente, pero en una obra nadie se fija en un chico que retira escombros, trae madera y esas cosas.

—¿Y tus padres te dejaban hacerlo?

—Mi padre insistía en ello —ella no entendía cómo había sido su vida, así que trató de explicárselo—. Los trabajadores temporeros inmigrantes no ganan mucho. Sus hijos empiezan a ayudar en el trabajo a los diez años, pero mis padres no querían que nosotros dejáramos el colegio. Querían que cuando empezara a trabajar, tuviera unos estudios.

—Yo —se le rompió la voz por los remordimientos—. No lo sabía. Lo siento.

—No te disculpes. Estoy orgulloso de lo que hicieron mis padres. Trabajaron muy duro, no nos separaron y nos dieron una educación. Querían que consiguiéramos lo que ellos no pudieron tener.

—No me disculpaba por tu pasado, sino por mi ignorancia.

Él asintió. Había vuelto a sorprenderlo. No le gustaba lo inseguro que se sentía con ella.

Mientras intentaba calmar su deseo, metió la sexta marcha del coche y disfrutó del ronroneo del motor respondiendo a sus órdenes.

—Te gusta, ¿verdad?

—¿El qué? —preguntó él, extrañado.

—Conducir este coche —la vio sonreír—. Estás disfrutándolo.

Lo cierto era que sí. Una parte de él quería recordar aquel paseo en ese coche de lujo, consciente de que nunca más tendría la oportunidad de conducir un coche así. Por otro lado, cambiaría aquella experiencia por tener a Jessica un instante entre sus brazos.

Ella lo intrigaba como ninguna otra mujer lo había hecho. Parecía un cúmulo de contradicciones: primero tímida y luego terriblemente sexy. Le gustaría quitarle todas las capas hasta llegar a la verdadera Jessica casi tanto como le gustaría quitarle la ropa, la poca que llevaba.

—Me sorprende que tú tengas este coche —le dijo él—. No te pega mucho.

Ella se echó a reír. Fue una risa distinta de la que siguió a la broma de su hermano. No sonaba divertida, sino teñida de alivio.

—Es lo mismo que dijo mi madre —puso voz de pito—: ¿Tenías que comprarte un...

un deportivo? ¿Qué pasará con la reputación de tu padre si te detienen y te ponen una multa por exceso de velocidad?

Alex soltó el acelerador. Si a su madre le parecía mal que a su hija le pusieran una multa, podía imaginar lo que diría si le ponían una multa mientras conducía Alex Moreno.

—Así que no vas rápido —observó él.

—Lo hago cuando no me van a pillar —dijo ella, con una sonrisa maliciosa.

—Bien pensado.

—Es cuestión de saber dónde van a estar los policías. Se pasan el día patrullando la autopista entre Sacramento y el lago Tahoe, así que el norte del condado está tranquilo. En las colinas hay algunas carreteras estupendas, y si vas temprano el fin de semana, no hay nadie.

—La carretera de Rock Creek, por ejemplo.

—¿Lo conoces?

—Solía conducir por allí cuando estaba en el instituto —se detuvo en un semáforo y la miró. A la luz de la luna su pelo era aún más claro. El semáforo se puso en verde y arrancó.

—¿En tu Camaro del 69?

—Eso es —cuando lo compró estaba en muy mal estado, por eso había podido permitírselo, pero el día que reunió el dinero para pagarlo, fue el más feliz de su vida—. Me encantaba ese coche.

—Lo sé —murmuró ella—. La velocidad, la potencia... es como volar.

Sus palabras estaban llenas de la emoción más pura. Alex podía imaginarla conduciendo con la capota del Beemer bajada y el pelo rubio suelto al viento por la estrecha carretera de Rock Creek.

Él siempre iba allí por la noche, y cuanto más oscuro estaba, mejor. Para él, conducir era un acto de rebelión y de libertad, pero no de gozo. Su emoción parecía sucia comparada con la de ella.

—A mí me gustaba la soledad. Éramos seis niños en una casa de tres habitaciones.

—Vaya —parecía horrorizada, pero intentó ocultarlo—. No había pensado... supongo que necesitabas escapar de vez en cuando, tú también.

¿También? ¿De qué escapaba ella? ¿De su maravillosa vida? Aparentemente, no lo había sido tanto como él pensaba.

—Entonces, lo de ir al bar esta noche... ¿Estaba también en la lista?

—Pero... Estás haciendo lo que pone en esa lista como si no hubiera un mañana.

—Ese artículo me hizo darme cuenta de que me estaba conformando con menos de lo que quería.

—Dime una cosa. ¿Te gusta tu trabajo? ¿Eres buena en ello?

—Sería una buena jefa, si me ascienden algún día.

—No, lo que haces ahora.

—¿Programar? —pareció sorprendida por la pregunta—. Sí, me gusta escribir código y limpiar los errores.

—Si te gusta lo que haces ahora, ¿por qué piensas tanto en el ascenso?

—Yo —él podía sentir su confusión. Después de un momento, siguió—. Supongo que esperaba algo más. Tengo casi treinta años y no he llegado muy lejos.

—Fuiste a la universidad, tienes tu propia casa, tienes un trabajo que te gusta . . . ¿Qué más quieres? —preguntó él, levantando las cejas.

—No es tan sencillo, al menos para una Sumners. Mi padre ya era juez cuando cumplió los treinta, entró en política y ahora es senador. Mi hermano tiene una consultoría que valía un millón de dólares cuando cumplió los treinta.

—¿Y tú crees que tus padres lo quieren más por lo que ha conseguido?

—No —dijo con rapidez, pero después añadió—: No exactamente. Siempre han estado orgullosos de sus logros, pero yo era su niñita. Siempre han intentado protegerme, como si no pudiera apañármelas sola.

—Y eso no te gustaba nada.

—¿Cómo sabes eso?

—De... —se aclaró la garganta—. De las notas que me escribías. Me contaste algo de un concierto en Sacramento al que no te dejaron ir con tus amigas. Estabas muy enfadada.

—No puedo creer que recuerdes eso.

Aun sin mirarla, él sintió su intensa mirada. Sintiéndose incómodo bajo su escrutinio, se encogió de hombros.

—Me acaba de venir a la cabeza.

Pero lo cierto era que recordaba casi cada una de las notas. Las había leído decenas de veces, las diecisiete que le mandó, por la noche, en la intimidad que le daba su coche. La imaginaba escribiéndolas, tumbada sobre una cama con dosel llena de lazos y raso, como una princesa de cuento de hadas.

—Yo también recuerdo tus notas —lo dijo rápidamente, como si se avergonzaba de haberlo dicho—. Nunca te quejabas de tu familia.

—No tenía mucho de qué quejarme —al menos de cosas que ella podía comprender. Podía haberle contado lo terriblemente pobres que eran, lo cansado que estaba de comer arroz y judías todos los días y lo que temía el fin de la temporada de recogida de

81

manzanas, cuando su familia se trasladaba a Arizona un par de meses. Había preferido hablar en sus notas de esperanzas y sueños.

—Siempre hablabas de los lugares a los que querías ir y de las cosas que harías cuando acabaras el instituto. Creo que por eso me gustaban tanto tus notas. Tenías un futuro abierto ante ti, sin expectativas que cumplir y sin nada definido.

Pero aquello había sido soñar en voz alta. Lo que realmente quería era mucho más simple que todo eso. Quería un trabajo decente que le hiciera ganar dinero y que lo hiciera respetable a ojos de la gente.

—¿Y lo que tú querías? Dices que no quieres conformarte, así que no lo hagas —dijo él, cambiando de tema.

Ella se quedó callada y él temió haberla ofendido. Después rió y le dio las gracias.

—¿Por qué?

—Por intentar hacer que me sienta mejor. Y por sacarme de allí.

Él miró por el retrovisor para comprobar que no tenía ningún coche detrás. Redujo la marcha y frenó para meterse en una carretera secundaria y detener el coche en un lateral.

—Jess, tú no deberías conformarte con nada —le dijo, mirándola fijamente.

Jessica se giró en su asiento y cruzó las piernas con un movimiento muy elegante que recordaba que era una princesa aunque llevara esa ropa. Y que estaba lejos de su alcance.

Pero eso no hacía que dejara de desearla. Una extraña sensación de intimidad se estableció entre ellos. La oscuridad del exterior hacía pensar que estaban solos en el mundo.

—Yo —se mordió el labio y él creyó ver un brillo de lágrimas en sus ojos—. Gracias.

Aquella vulnerabilidad le rompió el corazón. Suspiró profundamente y le acarició la barbilla y los labios.

—Jess, me estás matando.

Él no lo había dicho como una invitación, pero tampoco la detuvo cuando ella se inclinó y lo besó. Fue un beso tímido, como de prueba, e increíblemente erótico. Sabía dulce y caliente, con un ligero toque de menta, prueba de que no había bebido nada en el bar. Olía a limón, que a él no le había parecido erótico hasta ese momento, pero el olor le recordó el momento en que le lamió la piel del cuello.

CAPÍTULO 6

Ya le había costado bastante mantenerse alejado de ella cuando la creía una princesita mimada, con que ahora que sabía la verdad, no tenía ninguna oportunidad de éxito. Si no lo dejaba en ese momento, se metería en líos y por más que la deseara, no podría tenerla. Si tenía algo con ella, la gente volvería a considerarlo el chico alocado que fue en su juventud y además ella dejaría de verlo como el hombre decente que creía que era. Ese último pensamiento fue lo que lo hizo apartarse de sus labios.

—No podemos hacer esto.

Ella lo miraba con las pupilas dilatadas.

—¿Por qué no?

—Jessica, no creas que no estoy interesado, es sólo que no puedo —la miró a los ojos esperando que viera la sinceridad con que le hablaba—. Intento llevar una empresa y ya tengo bastantes cosas en mi contra tal y como están las cosas.

Ella frunció el ceño, confundida y adorable.

—No lo entiendo.

Era normal que no lo entendiera. No veía las desigualdades que había en Palo Verde, no porque las ignorara, sino porque no pensaba de ese modo.

—¿Qué crees que pensará la gente de mí si estamos juntos? —preguntó él.

—No lo sé. Creo que no me importa, y seguro que a ti tampoco. Esas cosas nunca te han importado demasiado.

—Hace diez años no me importaban, pero ahora todo es distinto. Tengo un negocio.

—¿Y crees que si te ven conmigo eso perjudicaría a tu negocio?

Alex se echó a reír, medio divertido, medio resignado.

—¿Manchar la reputación de la preciosa hija del senador Sumners? Sí, creo que eso me perjudicaría.

—¿Pero cómo? No lo entiendo.

—La gente como tú, Jessica, se siente protectora hacia ti.

—Tal vez te equivoques. Tal vez estar conmigo te ayude. Conozco a mucha gente en la ciudad y además, la gente tiene otras cosas de las que preocuparse aparte de mi vida social.

—Tal vez, pero hay muchas posibilidades

de que algo así enfade a la gente, y ya lo tengo bastante complicado.

—No te ofendas, pero, si es tan complicado ¿por qué has vuelto?

Ésa era la pregunta del millón. Alex soltó aire lentamente.

—Es algo que tengo que hacer. No me marché por mi voluntad y tengo que probarme algo a mí mismo.

Ella asintió, seria, pero sin censurarlo.

—Siempre me pregunté si los rumores serían ciertos.

—¿Qué rumores?

—Que te habían arrestado por una pelea y que le habías sacado un cuchillo a un policía.

—Yo tenía una navaja y el policía la encontró cuando me registraron.

—Pero no te acusaron, sino que te llevaron directamente ante el juez.

—Me sugirió que me marchara de la ciudad —él decidió acabar la historia por ella.

—¿Papá te dijo eso? No le pega mucho.

—Pues sí, fue tu padre, antes de ser senador. Y tienes razón en que no fue exactamente una sugerencia. Me dijo que me marchara a otro sitio donde tuviera menos historia.

Y lo que era más importante, menos historia con la hija del juez. Entonces nadie dijo nada al respecto y él no dijo nada tampoco entonces. No había motivos para hacer sentir mal a Jessica por algo que había pasado hacía mucho tiempo y que no era culpa suya.

—Mi padre quería que empezaras de cero en otro sitio —y añadió—: Pero tú no crees que ésa fuera la razón verdadera

—Digamos que tal vez él tuvo otras cosas en cuenta.

—¿Otras cosas? ¿Qué otras cosas?

Otras cosas como la relación de Alex con Jessica.

—Dejémoslo ahí.

Jessica y él no tenían ninguna relación en aquel momento. Todo eran rumores que se hubieran hecho públicos si hubieran juzgado a Alex. ¿Podía culpar al juez por usar su poder para que eso no ocurriera? El juez había dejado claro que pensaba que esos rumores podían arruinarle la vida a Jessica y tal vez tuviera razón.

Jessica lo miró como si intentara decidir si iba a insistir más. Afortunadamente no lo hizo.

—Mi padre, a pesar de todos sus defectos, es un hombre justo. Un poco autoritario, pero justo. Seguro que en ese momento pensaba que sería mejor para ti. Y además, su prioridad siempre ha sido cuidar de la gente de esta ciudad.

—Mis padres son trabajadores inmigrantes. No creas que tu padre me ve como un ciudadano más.

—No puedo creer eso. Mi padre. . .

—Tu padre me veía con los mismos ojos que el resto de la gente, como un chico malo que probablemente algún día acabaría en la cárcel.

—¿Por eso has vuelto? —preguntó ella muy seria—. ¿Para probarles que se equivocaban y que no has acabado en la cárcel?

—Supongo.

De repente, ella levantó la mirada muy sonriente.

—Pero has dicho que te estaba costando encontrar trabajo.

—Lo único que necesito es un buen encargo —dijo con más confianza de la que sentía—. En la construcción, un trabajo lleva a otro.

—¿Qué te parece el tribunal? —preguntó, muy alegre—. En las pasadas elecciones se aprobó un presupuesto para reformar el edificio. Lo sé porque papá me hizo trabajar mucho en ello. Es un trabajo muy grande y si lo consigues, todo lo demás te vendrá rodado.

Alex había hecho números en su tiempo libre y sabía que el tribunal era un trabajo que casi le quedaba grande. Y eso si conseguía convencer a la gente de que se había reformado.

Y allí estaba Jessica, mirándolo con sus ojos azules, transmitiendo una promesa sensual con cada uno de sus movimientos sin saberlo y haciéndole desear quitarle la ropa y explorar cada rincón de su cuerpo.

Pero eso no era propio de un hombre reformado. Además, ella sólo quería un juguete, tachar una cosa de su lista. Él se dijo a sí mismo que la deseaba porque estaba disponible, porque acostarse con ella sería hacer realidad sus fantasías de adolescente. Pero en su interior temía que fuera más allá que eso y lo que tenía claro sobre las niñas ricas era que cuando se cansaban de sus juguetes, los tiraban a la basura.

—Ya estoy en ello —dijo él, al ver que ella parecía esperar una respuesta.

—No crees que lo vayas a conseguir, ¿verdad?

Ella tenía razón y por eso no le dio una respuesta directa.

—¿Por qué dices eso?

—Por lo difícil que dices que es conseguir trabajo en esta ciudad para ti... Hablabas del tribunal, ¿verdad?

—Es más duro de lo que pensé que sería —admitió él—. No pensé en la cantidad de gente que me considera un inútil.

—No te consideran un inútil, sino irresponsable, pero yo podría ayudarte. Podría hablar bien de ti a mi padre y él sí podría hacer algo por ti.

—Lo último que tu padre quiere que hagas es que me ayudes, créeme.

—Escucha, él tiene defectos y no siempre estoy de acuerdo con las cosas que hace, pero si yo se lo pido, te ayudará. Él puede convencer a la gente de que has cambiado —se detuvo—. Pero no ayudaría el que la gente pensara que nos acostamos juntos, ¿verdad?

—Nada de nada —dijo él, sacudiendo la cabeza.

—Ya veo —se sentó recta en su asiento y miró por la ventana.

Al ver que a ella también le costaba respirar, Alex se dio cuenta de que había sentido el mismo ambiente de intimidad que él. Arrancó el coche y ya estaba de nuevo en la carretera principal cuando se dio cuenta de que estaba agarrando el volante con más fuerza de la necesaria.

—Después de lo de esta noche, probablemente no deberíamos volver a vernos.

—Claro —dijo ella.

Se sentía frustrado. Besar a Jessica había sido un error muy grande. Sólo había conseguido desear aún más algo que no podía tener.

Ella no tenía que conformarse con nada, y si tenían una relación, los dos se estarían conformando. Ella se estaría conformando con un hombre que no era lo suficientemente bueno y él tendría que conformarse con ser el hombre con el que se acostaba. Él no quería que ninguno de los dos hiciera ese sacrificio.

CAPÍTULO 7

Tartaletas tenía el dudoso honor de ser el restaurante más popular de Palo Verde. Cada mañana los trabajadores de los campos de manzanos iban allí a desayunar y a mediodía se llenaba de jueces, abogados y fiscales. Por eso era el centro de cotilleo más activo de la ciudad, algo que cualquier chica de Palo Verde sabía, pero que Jessica siempre había ignorado, no sólo por su carácter honesto, sino porque no había hecho nada nunca digno de cotilleo.

Lo que Alex le dijo la hizo pensar en si realmente todos la verían como la hijita del juez Sumners. ¿Y si ella era parte del problema? ¿Y si era buena porque todo el mundo la había tratado siempre como a una chica buena?

Lo cierto era que sus novios del instituto siempre la habían llevado pronto a casa y nunca había sido invitada a fiestas donde había alcohol. Y ella nunca había hecho nada por cambiar la opinión que la gente tenía de ella, hasta entonces.

Por eso no se dio cuenta de que el restaurante se quedó en silencio cuando ella entró el sábado por la mañana a pedir un café con leche y un bollo para llevar, ni la mirada inquisitiva de la señora Frankfort, la dueña. De hecho no notó nada hasta que, con la bolsa de papel con el café y el bollo en la mano, se giró para marcharse y vio a Alex y a Tomás sentados en una mesa despachando un plato de huevos con beicon.

Su corazón dio un brinco al verlo, pero sus pies se quedaron inmóviles. Por un momento se quedó allí quieta, aferrada a la bolsa de papel.

La noche anterior había pensado mucho sobre la conversación que habían tenido en el coche. Después del numerito del tequila, no podía negarlo: la deseaba. Y ella sabía también lo que quería, a Alex, así que no estaba dispuesta a recibir un «no» por respuesta.

Pensó en su preocupación porque la gente pensara que la había «corrompido», pero llegó a la conclusión de que se equivocaba. Conocía mejor que él a aquella gente y sabía que estar con ella le beneficiaría más en su trabajo de lo que lo perjudicaría.

Quería o más bien necesitaba saber dónde llegaría aquello con Alex. Quería saber si ella era el tipo de mujer que lo atrapase para siempre. Él había dicho que ella no era su tipo, pero cambiaría para serlo; sólo tenía que descubrir cuál era su tipo.

Determinada a hacerlo, fue directamente hacia la mesa de Alex. Su expresión se endureció y no pareció precisamente contento de verla. Tomás, sin embargo, se levantó inmediatamente y la invitó a sentarse.

—No creo que esto sea buena idea —dijo Alex con el ceño fruncido.

—Sólo estamos desayunando—dijo Tomás.

Jessica sabía que Alex lo decía porque la gente hablaría de ellos y eso lo perjudicaría, pero ella tenía un plan.

—Tengo que volver a casa —dijo Tomás—. Vosotros podéis quedaros y acabar de desayunar.

Antes de que Alex pudiera protestar, ella se adelantó para contestar:

—Gracias. Ya nos veremos.

Alex la miró con cara de enfado, pero esperó hasta que Tomás salió del local.

—Jess, no es un buen momento.

—No te preocupes, tengo un plan.

—¿Qué plan? —preguntó él, desconfiado.

—Quiero que hagas la reforma de mi cocina.

—¿Por qué? Hace una semana no te importaba nada la cocina. Creo que intuyo tus motivos.

—Puedes pensar lo que quieras —dijo ella, sacando su bollo de la bolsa y partiendo un trocito—. Pero tú necesitas el dinero y yo necesito un cambio.

—¿Estás haciendo esto por lástima?

—Yo no lo he visto así. Por lástima no, tal vez por sentimiento de culpabilidad.

—¿Culpabilidad?

—Me siento mal por cómo te he tratado. Sobre todo cuando has sido tan bueno conmigo.

Él se revolvió incómodo en su asiento. Tomó su taza de café, pero estaba vacía. Una camarera acudió a rellenarle la taza, pero él ni la miró. Jessica se metió un trozo de bollo en la boca para ocultar una sonrisa. Incluso cuando estaba enfadado, era genial ser el centro de atención de Alex.

—No aceptaré tu dinero. Me da igual lo culpable que te sientas.

—Pero fuiste tú el que dijo que no debía conformarme —él pareció confundido, pero ella siguió con la explicación—. Nunca me ha gustado la cocina tal y como está ahora. Es aburrida. Quiero una cocina nueva y no me conformaré con menos que lo mejor —lo miró con los ojos brillantes—. Y tú eres el mejor, ¿verdad, Alex? Además, está en la lista.

—¿Quieres que crea que reformar la cocina es una de las cosas que todas las mujeres deben hacer según la revista *Picante*?

—No, pero el punto nueve es «Da un cambio a tu espacio», y eso puede ser reformar la cocina.

—No puedo dejar que lo hagas —dijo él después de dar un beber un trago de café—. Si te gastas el dinero por lo que diga una estúpida lista, acabarás arrepintiéndote.

—No me arrepentiré —se inclinó hacia delante—. Necesito hacer esto.

—¿Por qué?

—Porque ya va siendo hora. No he hecho nada alocado ni irresponsable en toda mi vida.

—¿Y crees que comprar un coche como el tuyo no ha sido alocado?

—Lo compré de segunda mano y me hicieron un buen precio —después se dio cuenta de lo ridículo que sonaba eso—. Bueno, tal vez comprar un descapotable y reformar la cocina no es lo más alocado que puedo hacer, pero es un paso —él sonrió burlón—. De acuerdo, un paso pequeño. Además, si no trabajas para mí, nadie me creerá cuando te recomiende para otros trabajos.

—¿Vas a recomendarme?

—Claro. Tú lo dijiste; un trabajo lleva a otro. Y yo conozco a mucha gente, la gente adecuada —él frunció el ceño y ella deseó haber usado otra palabra—. La gente que te puede ayudar a conseguir la reforma del tribunal. El tribunal es un edificio histórico, lo que quiere decir que la Sociedad Histórica tiene que aprobarlo todo: el arquitecto, los planos, el constructor...

—Dime que estás de broma.

—No, ésas son las malas noticias, pero las buenas son que si consigues el aprobado de la Sociedad Histórica, lo habrás conseguido.

—Eso no son buenas noticias.

—Confía en mí. ¿Ves a esa señora de la barra? Es la señora Higgins.

Jessica señaló hacia una mujer con expresión amargada que estaba sentada en la barra. Alex la conocía bien, pero eso ella no tenía por qué saberlo. Estaba seguro de que había ido a Tartaletas no sólo a desayunar, sino a por su ración diaria de cotilleos.

—Esto no va a funcionar —anunció él.

La señora Higgins apretó los labios en un gesto de desaprobación mirando primero a Jessica y luego a Alex, y su expresión se endureció aún más cuando Jessica la saludó con la mano. Pero desde luego, debía de estar contenta de tener excusa para observarlos a gusto.

—Confía en mí —dijo Jessica—. La señora Higgins es la presidenta de la Sociedad Histórica.

La señora Higgins fue hacia ellos y Alex no se molestó en levantarse cuando Jessica los presentó. Sabía que no se molestaría en darle la mano.

—Señora Higgins, Alex va a reformar mi cocina. Es el propietario de Construcciones Moreno.

—Sé perfectamente quién es Alex Moreno —dijo, levantando una ceja.

Ella lo miraba como si no fuera más que una cucaracha a la que estuviera deseando aplastar. Bajo su mirada desaprobadora sintió crecer en su interior la rabia juvenil.

—Estoy seguro de ello —repuso Alex estirando las piernas por debajo de la mesa.

—Bien —dijo Jessica, ignorando las miradas que se estaban cruzando a su alrededor, muy animada—. Entonces sabrá el gran trabajo que su compañía hizo en Los Ángeles, en el Hotel Mimosa.

Al oírla mencionar sus últimos trabajos, Alex se quedó boquiabierto. Debía de haber mirado sus referencias en el dossier que le pasó el primer día.

La señora Higgins no pareció impresionada. A él no lo sorprendió su actitud.

—Hay gente que contrata a cualquiera —dijo, girándose como si se fuera a marchar—. Cariño, tal vez tengas que comprobar mejor sus referencias. Hay mucha gente que piensa que no es de fiar, pero tal vez no sea su habilidad como constructor lo que te interesa de él.

Mientras la mujer se marchaba, Alex tuvo que sujetar a Jessica por el brazo para evitar que se precipitara tras ella.

—Déjala, Jess —murmuró, intentando mantener una expresión neutra, consciente de que estaban atrayendo todas las miradas.

—Pero...

—Déjala.

—Nunca la había visto ser tan maleducada. ¡Decir que te contrato para acostarme contigo...!

—Estuviste a punto de hacerlo —apuntó él, sin poder evitar una sonrisa. Se sentía absurdamente complacido por la defensa tan apasionada que había hecho de él.

—Ése no es el punto —dijo ella, poniéndose rígida—. Te ha tratado como si fueras un esclavo. ¿En qué siglo se ha creído que estamos? Y no voy a hablar de tu comportamiento.

—¿Cómo?

—La gente como la señora Higgins le da mucha importancia a los modales, y tú ni siquiera te has levantado para darle la mano, sino que te has quedado sentado, estirándote como si fueras un delincuente insolente.

—Créeme. Podía haber hecho el pino con

la cabeza para darle la mano y no me hubiera tratado mejor.

—No lo creo. Conozco a la señora Higgins desde que era pequeña y nunca la he visto tratar así a nadie. Fui a clase con su hijo y... —ella se quedó boquiabierta—. Es eso, ¿verdad? Tú también fuiste a clase con él y pasó algo entre tú y...

—Albert.

—Eso. Albert. Fue con él con quien te peleaste antes de la graduación, ¿verdad? —Alex asintió con la cabeza—. Cuéntame qué pasó.

Alex volvió atrás en el tiempo hasta el día en que Albert, uno de los chicos que se metían con Jessica, hizo un comentario sobre ella que lo enfureció. Alex no recordaba qué había dicho, sólo que le hizo perder el control.

—No hay nada que contar —dijo amargamente—. Nos peleamos, a mí me arrestaron y a él no.

—Tiene que haber algo más, o ella no estaría tan resentida contigo.

—La señora Higgins es una clasista. Aunque no me hubiera peleado con su hijo, siempre seré un simple inmigrante.

—Eso no es justo —dijo Jessica apretando los labios, y él se encogió de hombros—. Con más motivo para aceptar el trabajo que te ofrezco. Tal vez ella sea la presidenta de la Sociedad Histórica, pero sólo es una persona más. Si no puedes ganártela a ella, tendrás que trabajar más duro para ganarte a los demás.

—¿Qué te hace pensar que puedo hacer el trabajo?

—He investigado por mi cuenta —dijo, sonriendo al ver su cara de sorpresa—. Cuando viniste a mi casa, me diste un dossier muy abultado.

—Después de lo que pasó, esperaba que lo tiraras a la basura.

—Pues no lo hice. Una vez que supe en qué proyectos habías trabajado antes de venir, fue fácil seguir tu pista en Internet —se inclinó con una chispa de admiración en los ojos—. Por lo que he leído, el Hotel Mimosa estaba condenado antes de que tu compañía lo restaurase y sacase a la luz esa preciosa joya Art Decó.

Alex era incapaz de quitarle los ojos de encima. El brillo de sus ojos lo hacía sentirse valioso.

—No fue nada. En un trabajo así, el éxito consiste en encontrar buenos trabajadores.

—¿Y no es ése tu trabajo?

—Pues sí —admitió él.

Ella se reclinó en el respaldo de la silla, sonriendo satisfecha.

—Tendrías que estar convenciéndome para que te contratara en lugar de lo contrario, y de que te mereces todo el dinero que voy a pagarte.

—Jessica, no voy a dejar que me contrates por lástima.

—No es por lástima. Quiero hacerlo y además, no puedo recomendarte si no trabajas antes para mí —insistió.

Ella no tenía nada que perder con aquello más que su reputación. Él, por otro lado, podía perderlo todo. Trabajar para Jessica podía salvar su carrera o arruinarla para siempre.

Perder su negocio lo preocupaba casi tanto como perder su corazón. El negocio aún podía recuperarlo, pero temía que su corazón ya estuviera en las manos de Jessica.

CAPÍTULO 8

Convencerse a sí mismo, y a su cuerpo, de que no quería llevar a Jessica a la cama sería mucho más fácil si no tuviera que verla cada mañana y cada tarde.

Cada mañana, cuando la encontraba desayunando, se decía que se marcharía antes de que volviera a casa por la tarde, pero todos los días se quedaba dando retoques, haciendo tiempo en realidad, hasta que oía el ruido del Beemer aparcando frente a la casa.

Patético.

Pero se sentía muy complacido cuando ella, al verlo, decía: «Qué bien, aún estás aquí». Después le hacía alguna pregunta sobre la construcción, sobre qué tipo de encimera poner o qué refuerzos serían mejores para los cajones.

Aquel día, semanas después del primer día que fue a trabajar allí, no fue distinto a los demás.

—Qué bien, aún estás aquí —dijo, antes incluso de cerrar la puerta—. Tengo una pregunta para ti.

—Dispara —dijo él, deteniendo la taladradora.

—¿Cuál es tu tipo de mujer ideal?

—¿Cómo? —aquello sí lo pilló por sorpresa— ¿Por qué?

—He estado pensando en los hombres con los que salgo. La mayoría son del trabajo, pero no ha salido bien. La mayoría son tipos aburridos. Por eso salí esa noche con Patricia —dejó el bolso sobre la mesa de la cocina y se apoyó en ésta, con las piernas estiradas—. Pero eso tampoco funcionó. Está claro que El Increíble Hulk no es el tipo de hombre al que quiero atraer.

Él intentaba escucharla, pero sólo podía prestar atención a sus piernas. Se había quitado los zapatos en la entrada, como hacía siempre, y tenía ante sí una pierna larga y desnuda desde la punta del pie hasta medio muslo, donde le llegaba la falda.

—Tal vez no debí dejar que Patricia me vistiera. Tal vez ése fue el error.

Tal vez él no debería estar allí cuando ella llegara a casa. Tenía que estar en la suya, tomando un trago de whisky y una ducha helada. Así no estaría pensando en sus piernas.

¿Pero a quién pretendía engañar? Llevaba pensando en las piernas de Jessica dos semanas. El que ella estuviera delante o no, no cambiaba nada. Pero lo cierto era que la cosa hubiera sido mucho peor si hubiera sabido que ella también fantaseaba con él. Si no arruinase su carrera con ello, no le importaría pasar el mes siguiente en la cama con ella, con esas fantásticas piernas rodeándolo. O si no temiese que después de ese mes, ella se cansase de él y lo dejase deseando a una mujer que no podía tener. Lo que tenía que hacer era dejar de pensar en sus piernas y centrarse en la conversación

—Hoy —estaba diciendo ella—, a la hora de comer he hecho una lista de lo que quiero que tenga mi hombre perfecto. Cuando acabé me di cuenta de que no quería a alguien como El Increíble Hulk ni como nadie del trabajo, sino a alguien como tú.

¿Cómo él? ¿O a él?

Él dejó de mirarla a las piernas inmediatamente para mirarla a la cara, en busca de respuestas.

—Oh, no a ti, claro. Sólo a alguien como tú —dijo ella, aclarando sus palabras.

—Bien —claro que no estaba interesado en él. Eso era lo que se decía a sí mismo todo el rato.

—No es que esté intentando ligar contigo. Sólo...

—Ya lo entiendo.

Ella apartó la mirada, evidentemente avergonzada.

Él se sacudió las manos en los pantalones y fue hacia ella, quedándose muy, muy cerca. Estaba deseando tocarla, pero obligó a sus brazos a permanecer inmóviles. Sólo quería recordarle que ella era tan vulnerable a aquello como lo era él. Y además necesitaba saber que podía estar cerca de ella y no tocarla, que aún tenía algo de control sobre sí mismo.

—Y por eso te preguntabas qué tipo de mujer encuentra atractiva un tipo como yo.

—Exactamente —dijo ella con una risita nerviosa.

—¿Estás segura de que quieres un tío como yo?

Su risa se desvaneció y tragó saliva. Él se moría por recorrerle el cuello con los labios.

—No —admitió—. No estoy segura.

—El problema, Jess, es que te lo tomas todo muy en serio y a los chicos como yo no les gusta tomarse las cosas en serio.

—Bueno, yo. . .

—Nos gustan las cosas divertidas, sin presiones, y las mujeres despreocupadas y juguetonas, a veces incluso un poco salvajes.

—Entiendo. Despreocupadas y juguetonas. Y salvajes.

A pesar de que su presión arterial debía de

estar en valores imposibles, Alex sonrió.

—¿Qué pasa? —preguntó ella—. ¿Te estás riendo de mí?

—Pues sí —dijo él, ya sin contenerse—. Pareces a punto de pedir lápiz y papel para tomar apuntes.

—No sé a qué te refieres.

—Quieres apuntar tus ideas sobre como conseguir ser despreocupada y juguetona para después escribirlas en la agenda que siempre llevas encima.

Ella apartó la mirada de él, nerviosa. Dios, cómo la deseaba. Y antes de poder evitarlo, estaba tocándola. Le acarició la cara suavemente con los nudillos, deseoso de ir más allá. El modo en que ella se arqueaba para recibir sus caricias no ayudaba. El modo en que bajaba las pestañas le decía que estaba totalmente a su merced.

Ella ya tenía que saber cuánto la deseaba, pero con un poco de suerte, podría ocultarle que sus sentimientos por ella eran cualquier cosa menos despreocupados.

—Vamos, Jess —murmuró él—, reconoce que estás deseando hacerlo.

—¿El qué? —dijo ella, abriendo los ojos de golpe.

—Hacer una lista y analizar cómo ser despreocupada y juguetona.

—Yo puedo ser esas cosas —dijo ella, después de pensárselo un momento.

—Ya.

—¿No lo crees? Porque sí puedo serlo.

—Claro que sí, princesa. Dime una sola cosa que hayas hecho que fuera divertida, juguetona o salvaje.

—Fui al bar con Patricia. Eso fue divertido. Y te dejé hacer lo del tequila. Eso fue salvaje.

—No olvides que yo también estaba allí.

—¿Y?

—Pues que sé lo poco que te gustó estar allí y que lo del tequila fue de lo más modosito.

También había sido de lo más sexy, pero ella no tenía que saber eso. Lo más patético era que si Jessica se quitaba esa capa prístina que la cubría, él estaría en serios problemas.

—Pero...

—Lo tuyo fue muy comedido. Piensa que a veces el tequila se chupa directamente del vientre de la chica —él bajó un dedo desde su cuello hasta su estómago.

—El tequila se queda en el ombligo y hay que lamerlo con la lengua. Es pegajoso, sucio y muy provocativo.

Sólo pensar hacer eso sobre el cuerpo de Jessica hacía que la sangre le ardiera en las venas, pero peor que su reacción era ver la de ella: tenía la respiración entrecortada y su cuerpo se inclinaba hacia él. Con sólo tocarla se disolvería en sus brazos. Sería suya.

—Alex...

Él sacudió la cabeza para no dejarle acabar la frase. Si le pedía que la llevara a la cama, no lo aguantaría.

—Lo siento, Jess. No vas a convencerme de que eres de las que les gustan las cosas pegajosas —si alguna vez tenía sexo con ella, así sería como la querría: caliente, sudorosa, suplicante y muy pegajosa. Pero eso no iba a pasar—. No eres ese tipo de chica.

Sus palabras parecieron sacarla de su estupor.

—¡Eso no lo sabes!

—Claro que sí. Todo en ti dice que eres una buena chica: tus zapatos, tu ropa y ese peinado tan conservador.

—¿No te gusta el modo en que me visto? —preguntó, mirándose.

Le encantaba cómo se vestía, tan elegante, tan conservadora. El día anterior llevaba un traje de chaqueta y pantalón azul y hoy, pantalones negros y un conjunto rosa. Y siempre parecía una niña rica.

Todo en ella debería recordarle lo fuera de su alcance que estaba, pero sólo le recordaba la pasión que yacía bajo esa superficie tan modosita, la pasión que casi entraba en ebullición cada vez que la tocaba. Otra razón más para no tocarla.

—El modo en que te vistes no tiene nada de malo.

—Nada excepto que no te gusta.

—Yo no he dicho eso.

—No tenías que hacerlo —frunció aún más el ceño—. ¿No te gusta mi conjunto rosa? —con un movimiento rápido se desabotonó la chaqueta de punto y dejó a la vista el top de tirantes que llevaba debajo—. ¿Mejor así?

Con los hombros al descubierto estaba de lo más atractiva. El top se ajustaba mucho a sus pechos y a la estrecha cintura, pero no podía quitar los ojos de sus brazos. Se le veía un tirante del sujetador, violeta oscuro, y eso lo llevó a imaginar cómo sería el resto que no se veía. Sería uno de ésos de media copa para realzar el pecho y ofrecérselo a un hombre como si fuera un regalo de satén y encaje. Y conociendo a Jessica, seguro que llevaba braguitas a juego o... un tanga...

Se tragó el gruñido que estaba a punto de escapársele, pero no pudo hacer desaparecer la ensoñación.

—¿Qué? ¿Tan mal está?

—¿Cómo? —fue todo lo que él pudo murmurar.

—Odias el modo en que me visto.

—¡No! —dijo con demasiada rapidez—. Es sólo que...

«Te estaba imaginando en tanga. ¿Puedes repetir la pregunta?».

—Que me visto como mi madre, como una solterona. ¿Me vas a ayudar o no?

—¿Para qué quieres mi ayuda? —¿acaso se había perdido parte de la conversación mientras la imaginaba en tanga?

—Para ir de compras y elegir ropa nueva.

¿De compras? ¡Qué pesadilla!

—¿Por qué tengo que ir de compras contigo? —intentó no parecer horrorizado, sin éxito.

—De acuerdo, iré sola —dijo, un poco ofendida.

Gracias a Dios.

—Aún no he ido al nuevo centro comercial de Roseville —inclinó la cabeza de una forma muy graciosa que quería decir que se le había ocurrido algo—. Creo que tienen una tienda de lencería fina de Victoria's Secrets —«oh, no»—. ¿Sabes? No he entrado en esas tiendas ni una vez, pero hay una primera vez para todo. Podría comprarme también alguna de esas blusas de satén, cortitas, y esas faldas...

—De acuerdo —ya tenía bastante con imaginarla en tanga como para dejarla ir de compras y volver vestida como su fantasía más salvaje—. Iré contigo de compras, pero de ningún modo voy a entrar en una tienda de lencería.

Ella sonrió.

—De acuerdo.

Él la miró alucinado. ¿Cómo demonios lo había convencido para ir de compras? ¿Y por qué se sentía como si lo hubieran manipulado?

CAPÍTULO 9

Ayer Alex le había tomado el pelo por las cosas que apuntaba en su agenda. Si él supiera...

Su agenda estaba ahora casi consagrada al plan «Convertirse en chica Picante» y el centro de su plan era seducir a Alex.

Las páginas que antes estaban llenas de apuntes para las reuniones, ahora estaban cubiertas de consejos del Cosmopolitan. En la primera página de su plan de acción había escrito: Divertida, despreocupada, juguetona y salvaje. Si eso era lo que Alex encontraba sexy, ella se convertiría en eso.

El sábado, vestida para su excursión al centro comercial con unos pantalones cortos y una camiseta ajustada, se sentía como un general a punto de entrar en combate.

Iba a llevarlo a la cama. Conseguiría su aventura apasionada aunque no fuera más que para probarse a sí misma que podía ser Picante. Y cada vez que se planteaba la duda de si tenía algún otro motivo para dormir con Alex, la aplastaba sin piedad.

Desde luego, el llevarlo al centro comercial había sido un reto, y así lo demostraba el modo en que arrastraba los pies, así que necesitaría un poco de mano izquierda para que le diera su opinión sobre la ropa.

—¿Entramos a esta tienda?

—Ahí venden cinturones y bolsos —dijo ella, frustrada. Llevaba toda la mañana haciendo sugerencias estúpidas.

—¿Y qué tiene de malo?

—No necesito tu ayuda para comprar accesorios, pero si lo que te interesa es el cuero...

Antes de que ella acabara la frase, él le agarró el codo y se la llevó de allí.

—¡Olvídalo!

—¿No te gusta el cuero? —preguntó ella inocentemente. El modo posesivo en que la agarraba le enviaba escalofríos por la espina dorsal y le daba más coraje para seguir adelante—. A mí me parece bastante salvaje.

—He dicho que lo olvides.

—Sólo intento tener la mente abierta.

Él le apretó más el brazo y luego la soltó, dejándola deseosa de sentir de nuevo su contacto.

Un segundo después Alex le señalaba una tienda de ropa de montaña y entonces fue cuando, en el escaparate de una tienda de moda, vio el conjunto perfecto. La falda era corta, pero no tan ajustada como la de Patricia. Ésta tenía un poco de vuelo y el estampado de flores hacía juego con una camiseta de tirantes azul. En el escaparate había también unas sandalias informales, un collar de cuentas y un sombrero de paja. Ése sí que era un conjunto desenfadado y juguetón.

Era bonito y femenino, y estaba deseando entrar en la tienda. ¿Qué le parecería a Alex?

—¿Qué piensas de ese conjunto? —dijo, señalándole la tienda.

—Esto... —tragó saliva—. Es un poco pequeño, ¿no?

Le encantaba, estaba claro.

—Vamos. Me lo probaré y veremos si me está muy pequeño —dijo, agarrándolo de la mano.

—¿Qué te parece esa otra tienda? —dijo él, obstinado—. Esa ropa parece más grande.

—Claro que sí. Es ropa de premamá.

—Oh, de acuerdo.

Ella aprovechó el momento de despiste para arrastrarlo al interior de la tienda y diez minutos después ya se había cambiado el atuendo de Princesa Jessica por la falda y la camiseta de la tienda. En cuanto salió del probador y vio la cara de Alex, supo que ese conjunto lo volvía loco. Aquello acabaría con su resistencia.

Él la miraba con una expresión tan erótica que parecía querer desnudarla allí mismo. La recorrió con la mirada desde el cuello, el escote desnudo, la falda que le llegaba hasta la mitad del muslo y después las piernas. Ella empezó a temblar ante la intensidad de su mirada y tuvo que apartar los ojos de él. Nerviosa, echó un vistazo a su alrededor, segura de que la tensión entre ellos tenía que ser visible para la gente que los rodeaba, pero había unos percheros que los ocultaban de la vista casi por completo y eso le dio confianza para caminar hacia él.

Al verla acercarse, él se sentó recto en la silla. Al llegar hasta un paso de él, ella dio una vuelta para comprobar el vuelo de la falda.

—¿Qué te parece?

—Es corta —dijo, después de tragar saliva.

Ignorando sus palabras, siguió acercándose a él hasta sentarse en el brazo de su silla, estirando las piernas junto a las suyas.

—Sí, pero ¿te gusta?

Él se puso rígido, pero no se movió, así que ella, recorriéndole el gemelo con el pie, insistió:

—¿Es sexy?

—¿Sabes qué es sexy? —saltó él de repente—. Las faldas largas.

—¿Estás seguro? —preguntó ella muy seria, intentando ocultar una sonrisa.

—Sí. Las faldas largas y los jerséis anchos —y fue hacia un perchero y empezó a pasarle ropa, sin importarle la talla, el color o si hacía juego—. Y muchas capas.

Ella dejó las prendas sobre la silla y fue hacia donde él estaba mostrándole un jersey amarillo enorme. La volvía loca el ver que había conseguido encenderlo de ese modo y en público.

—Este jersey no te parece sexy, ¿verdad?

—Claro que sí.

—Pero es grande.

—De eso se trata.

Estaba hablando a trompicones. No tenía ni idea de qué estaba diciendo, y ni siquiera había mirado el jersey.

—Supongo —dijo ella inocentemente—, que me vas a decir que este jersey es sexy por lo que oculta y no por lo que muestra.

—Exactamente.

—Porque cuando una mujer lleva un jersey así, los hombres no saben qué lleva debajo.

—Eso es —pero ahora parecía menos seguro de sí mismo.

—Tal vez sólo lleve un sujetador y unas braguitas de algodón —al oír la palabra «braguitas», su mirada se oscureció y el corazón le dio un brinco—. O tal vez lleve lencería fina que haya elegido mientras tú no la veías. O tal vez no lleve nada.

—¿Nada?

—Ir en plan comando era una de las cosas de la lista —dijo ella, sonriendo.

Él tragó saliva con dificultad y Jessica sintió crecer su poder femenino al notar que él bajaba la cabeza como si fuera a besarla, pero ella se apartó a tiempo.

—Tienes razón. Creo que compraré este jersey. Buena elección —dijo, intentando mantener un tono de voz normal, aunque estaba temblando.

Tuvo que echar mano de todo su autocontrol para apartarse de él cuando lo que deseaba era meterlo de un tirón en el probador y saciarse con él. Lo quería todo para ella, una noche entera, sin distracciones ni complicaciones, sólo ellos dos.

Y él lo quería también. Lo que no quería era admitirlo.

Capítulo 10

A veces es mejor tener la boca cerrada, pero a Alex eso nunca se le había dado demasiado bien. Desde que le dijo a Jessica que le gustaban las mujeres juguetonas, ella parecía habérselo tomado como algo personal y después de un largo día de trabajo, lo estaba deleitando con todas las cosas divertidas que había hecho el año anterior.

—Dirás lo que quieras, pero lo del bar no resultó divertido para ti.

—Pero...

—Ni lo del tequila —además ella llevaba el jersey que él había elegido, para complicar las cosas, y lo estaba volviendo loco. Como ella había predicho, no paraba de preguntarse qué llevaría debajo—. Sólo lo hiciste porque no te gusta rendirte.

—Eso no es cierto.

—Vamos, Jess. Yo estaba allí. Si no hubieras estado acorralada, no lo hubieras hecho.

—Entonces —dijo ella, frunciendo el

ceño—, lo que estás diciendo es que a vosotros os gusta que las mujeres hagan esas cosas en un bar.

Hasta esa noche a él no lo habían atraído especialmente esas cosas, pero desde entonces no podía dejar de imaginarla sentada sobre la barra, el sabor de su piel y el tacto de su cuerpo. Eso era antes de preguntarse qué llevaría debajo de ese endemoniado jersey. Sabía que tenía que estar callado, pero estaba cansado de que ella lo presionara más y más, y antes de poder darse cuenta, su instinto tomó el mando.

—¿Que si me gustan las mujeres que hacen eso? Lo cierto es que no —ella pareció aliviada—, pero si voy a beber tequila, prefiero hacerlo del cuerpo de una mujer que de un vaso —a ella se le abrieron mucho los ojos y se le oscurecieron—. No te voy a mentir, Jess. Desde lo del bar, he estado pensando mucho en hacer eso contigo de nuevo —ella abrió la boca para decir algo, pero él la interrumpió—. Pero no me gusta mucho exhibirme, así que la próxima vez prefiero que no sea en un bar, sino en la cama, tú y yo solos.

Estaba tan cerca de ella que podía ver perfectamente todas las emociones que pasaban por su cara: interés, deseo, impaciencia e incluso un ligero temblor. La vio intentar controlar sus reacciones y le agradó ver que a ella también le resultaba difícil. Tal vez ella lo deseara, pero él no dudaba que ese deseo era por la maldita lista. Además, ella estaba empeñada en la parte de «apasionada» y él en la de «aventura».

Las aventuras, apasionadas o no, eran cortas. Una semana o dos, con suerte, pero él quería de ella mucho más que eso.

—Tal vez tengas razón —rió él—, tal vez tengas controlado lo de ser juguetona, pero tal vez tengas más problemas con la lujuria descontrolada.

No sabía por qué había dicho eso. Tal vez esperaba asustarla, pero ella no se asustaba de nada.

—Tal vez tengas razón —dijo ella, sin apartar la vista siquiera—, tal vez me aparte de ello o tal vez sean los hombres los que piensen que una mujer como yo no está en absoluto interesada en la «lujuria descontrolada».

Esta vez fue él quien dio un paso atrás, lo suficiente como para evitar la tentación de agarrarla.

Pero no pudo evitar que ella se acercara a él, tanto que su cuerpo estaba casi pegado al suyo. Sentía su mano arder sobre el brazo y los labios levantados hacia él. De repente, todas las razones por las que no debía besarla se desvanecieron en el aire y lo único que pudo pensar fue lo dulce y caliente que sabía y lo mucho que deseaba tocarla.

Tal vez hubiera tenido fuerzas para resistirse, pero antes de poder reunirlas, ella se apretó contra él, lo obligó a bajar la cabeza y poniéndose de puntillas, lo besó.

El beso fue caliente y profundo. Pura lujuria descontrolada. Él intentó apartarse, pero ella lo siguió hasta acorralarlo contra la encimera. Sólo entonces se rindió él por completo, abriendo la boca ante su insistencia. En cuanto sintió su lengua penetrar entre sus labios, supo que estaba perdido.

¿Por qué había estado luchando? Él recorrió su cuerpo con las manos, revelando sus suaves curvas bajo los pliegues del jersey. Además, él sabía la verdad... Todos la creían la perfecta niña buena, pero él sabía que bajo la superficie había una mujer divertida y apasionada que nunca sería despreocupada ni ligera. Lo único que esperaba era que ella no viera bajo su superficie como él veía bajo la suya, porque entonces sabría que él no quería algo ligero y despreocupado. La quería a ella. Quería más que una aventura apasionada, más que su cuerpo. Quería su corazón y su alma, para siempre.

Alex estaba equivocado. Aquello no era lujuria descontrolada, sino el cielo. Nunca antes un simple beso la había hecho estremecerse

122

de ese modo. Nunca antes le habían fallado las rodillas porque un hombre le pusiera las manos en las caderas. Y hasta oía campanas...

Era su teléfono móvil. Ella intentó apartarse, pero él no la dejó escapar sino que la miró con unos ojos llenos de pasión.

—Tu móvil...

—Olvídate de él.

Antes de que él volviera a besarla, le puso la mano en el pecho y lo detuvo.

—Es tu teléfono del trabajo. Deberías contestar.

Él parecía a punto de protestar, pero en lugar de eso, se sacó el teléfono del bolsillo y contestó.

Ella intentó apartarse para que hablara con más privacidad, pero él la agarró firmemente por los hombros. Así, contra su pecho, lo único que podía hacer era apoyar la cabeza en su hombro y relajarse. O al menos, intentarlo, pero le costaba hacerlo si notaba la tensión de sus músculos y el latido precipitado de su corazón. Además, tampoco podía ignorar la reacción de su cuerpo. Notaba un calor que la recorría lentamente, el peso de sus pechos y la necesidad de abrazarlo, como si eso pudiese calmar el deseo que la volvía loca.

Trató de ignorar la conversación, pero captó unas cuantas palabras: el nombre de una calle no lejos de su casa, el nombre de Verónica... apenas podía procesar esa información porque él acababa de poner su pie entre los de ella, con lo que sus piernas se separaron de inmediato y permitió que él deslizara el muslo hasta muy arriba. Jessica cerró los ojos para concentrarse en no moverse adelante y atrás, en no frotarse contra su muslo, como deseaba, para aliviar la pesadez que la invadía. Él la abrazó con más fuerza y ella sintió que él también luchaba para controlarse, lo cual sirvió para ponerle las cosas más difíciles a Jessica. Sentía que tenía la piel en llamas y la única forma de apagar ese fuego era tocar a Alex, quitarle la camisa y frotar su piel contra la de él. Deseaba quitarle el teléfono, tirarlo a un lado y saltar sobre él. Pero no podía hacer eso.

Para entonces había captado suficiente de la conversación para comprobar que se trataba de trabajo. La tal Verónica quería que él se pasara y le hiciera un presupuesto en una hora, a lo que él había accedido.

Jessica intentó aplacar una oleada de celos diciéndose que eso era bueno para él; ella ya sabía lo que ese trabajo podía significar para su negocio, sobre todo siendo tan difícil de conseguir.

Con un suspiro, dejó caer la cabeza sobre su hombro mientras su deseo se enfriaba, diciéndose que no le quitaría la ropa ni saltaría sobre él. Al menos no esa noche. Tal vez nunca.

Él apagó el teléfono y como lo último que ella quería era oírlo dar excusas, decidió adelantarse.

—Ya lo sé. Tienes que irte.

—Gracias —le dijo, abrazándola.

—¿Por qué?

—Por comprenderlo.

Lo curioso era que ella no se sentía nada comprensiva, sino frustrada y molesta consigo misma por querer más de lo que él estaba dispuesto a darle y con él, por no dárselo.

—¿Por qué tiene que ser tan duro?

—¿Acaso quieres una explicación científica? —rió él.

Al notar su erección contra su cadera, Jessica comprendió la broma enseguida y se echó a reír.

—No me refiero a eso.

—Ya lo sé.

Esta vez, cuando se apartó, él no se lo impidió. Aun cuando sus cuerpos estaban separados, ella seguía temblorosa de deseo.

—Ya sé que tu negocio es lo más importante para ti ahora mismo, y que si estás conmigo, eso puede perjudicarte... —ella lo miró, deseando una respuesta negativa que no llegó.

Su mirada lo decía todo. En lo que a él concernía, una relación con ella era imposible.

Ella no quería ser más importante para él que su negocio. Si se trataba de una aventura, no podía pedir ser el centro de su universo ni que sacrificara cosas por ella. Pero ¿era eso lo que quería? ¿Una aventura pasajera y Picante? Decidió olvidarse de sus dudas y confusión, y dijo:

—Cuéntame en qué consiste ese trabajo.

—Es en una casa del final de la calle. Vieron que estaba trabajando aquí y por eso me han llamado —dijo él, después de un momento de duda.

—Pero ¿en qué consiste? ¿Una reforma?

—No... —se giró y empezó a recoger sus herramientas—. Se trata de habilitar espacio del jardín.

—¿Como una galería? —él no la miraba y eso le extrañó.

—No... se trata de asolar la entrada de madera, como una plataforma.

—¿En serio?

Al ver que se estaba poniendo rojo se dio cuenta de que estaba avergonzado por el trabajo. Toda intimidad entre ellos se evaporó y ella deseó no haber dicho nada.

—Alex, tú te dedicas a cosas más grandes, no a asolar jardines.

—Es un trabajo —dijo él apretando la mandíbula, irritado por su intromisión.

—Claro que lo es, pero yo he visto lo que puedes hacer. Deberías estar reformando edificios históricos, no construyendo plataformas para jardines, y tú lo sabes.

—No estoy en condiciones de rechazar trabajos.

—Y si te dedicas a hacer vallas y plataformas nunca lo estarás.

—No puedo ser puntilloso. Es trabajo honrado y no hay nada de malo en trabajar con las manos.

—Claro, si ése es tu trabajo, pero tú puedes hacer más que eso.

—Mis padres hacen trabajo manual. Así es como ponen comida encima de la mesa

Genial, sin darse cuenta, había insultado a su familia.

—Lo siento, no pretendía...

—No me avergüenzo de lo que hacían, ni tampoco me enorgullezco —siguió él, con cierta emoción en la voz algo más difícil de comprender que simple ira.

Se acercó a él y le puso la mano en el brazo, decidida a que la comprendiera.

—En serio, no pretendía insultar a tus padres —él la miró y asintió con la cabeza—. Admiro a la gente que hace esos trabajos que son mucho más duros que el mío y les pagan peor que a mí. Tienes razón en estar orgulloso de lo que hicieron, pero no hay nada malo en querer más. Además, me dijiste que tus padres querían algo distinto para ti. ¿Qué les parecería que perdieras tu tiempo en un trabajo como ese?

Por un segundo ella creyó haberlo convencido, pero después él apartó el brazo.

—No es una pérdida de tiempo. Me pagan por ello.

—¿Pero...?

—Lo haré los fines de semana. No tienes que preocuparte de que le robe tiempo a tu cocina.

Era tan obstinado que le daban ganas de empezar a gritar.

—Sabes que no es eso lo que me preocupa. Me da igual cuándo acabes el trabajo. Pero ¿qué me dices del concurso para la reforma del tribunal? Si pasas todo tu tiempo construyendo plataformas, ¿cuándo vas a trabajar en ello? —él se quedó callado pero su expresión se lo dijo todo—. Oh, ya veo. No vas a intentar conseguir el trabajo del tribunal.

—Yo no he dicho eso.

—No tienes que hacerlo —sacudió la cabeza y salió de la cocina—. No puedo creer que dejaras a esa mujer tratarte de ese modo.

—Si estás hablando de la señora Higgins, yo no la dejé...

—Claro que lo hiciste. La última vez que

lo hablamos estabas planeando intentarlo. No eras optimista, pero lo ibas a intentar, y lo único necesario fueron un par de insultos velados de una vieja amargada para hacer que te echaras atrás.

—Esa vieja amargada, como tú la llamas, puede vetar cualquier oferta que yo haga. No voy a perder el tiempo trabajando en algo en lo que sé que no tengo ninguna oportunidad.

—¿Y qué vas a hacer entonces? Construir plataformas.

—Es un trabajo —repitió, tan cansado de la discusión como lo estaba ella, pero no podía dejarlo cuando sabía que tenía razón.

—Claro que lo es, pero está por debajo de tu nivel. No hay nada de malo en construir plataformas, pero tú puedes hacer mucho más que eso —abrió los brazos indicando la cocina—. Y he visto en Internet lo que has hecho, en el Hotel Mimosa, por ejemplo. Tienes un dossier buenísimo, pero en lugar de quedarte donde estabas, decidiste volver a Palo Verde a demostrarle a la gente que has cambiado, que has llegado a algo, pero eso no es lo que les dirás si te conformas con reformar cocinas y construir plataformas.

Él siguió callado.

—¿No creerás que vas a impresionar a nadie construyendo plataformas? Si quieres el trabajo del tribunal, tienes que...

—¿Acaso crees que quiero ese trabajo? —interrumpió él, sujetándola por los hombros—. ¿Crees que no he pensado en todo eso? —la atrajo más hacia sí hasta casi tocarse—. Claro que lo he pensado. Y claro que quiero este trabajo. Desde que llegue aquí me ha quedado muy claro que hay cosas que no puedo tener. A veces hay que dejarlo correr.

Y sin más, la soltó y dio un paso atrás. Ella lo siguió.

—Pero hay que luchar por lo que uno quiere, no conformarse con lo que la gente está dispuesta a darnos. No puedes abandonar.

—No estoy abandonando. Aún tengo trabajo.

—Pero tú no eres la persona más indicada para ese trabajo. No puedes conformarte con menos de lo que mereces, no puedes. Además, si te basta con hacer trabajillos de poca importancia, les estarás dando la razón, que no vales para nada, que no eres importante.

Él retiró la mano que ella le había tomado entre las suyas.

—Tengo que irme. Si llego tarde, no me darán el trabajo y ya no importará si tú piensas que es poco para mí.

—Alex, no quería decir...

Pero ya se había dado la vuelta para marcharse, y cuando ella alargó la mano para tocarlo, él la esquivó.

—¿Qué te importa a ti todo esto? ¿No te afectará que estar conmigo te haga parecer inferior? Porque yo creía que lo de dormir conmigo era para mostrar a la gente lo salvaje que eras, y estar con un obrero sólo conseguirá aumentar ese lado salvaje.

—Sólo pensé que. . .

—¿Qué? ¿Que porque te haya besado crees que tienes derecho a meterte en mis asuntos? No te equivoques, Jess, sólo es sexo, nada más.

—Pero. . .

—¿Ves? A eso me refiero. Te lo tomas todo muy en serio, princesa. No sabes mantener las cosas en un tono ligero y desenfadado.

CAPÍTULO 11

La pelea con Alex había dejado a Jessica de mal humor. Se había dicho a sí misma que lo único que quería de él eran unas cuantas noches de pasión, y la noche anterior había estado a punto de romper sus defensas. Si no hubiera sido por esa llamada, tal vez aún seguiría subida en una nube, pero en su lugar, se habían peleado. Sus planes para seducir a Alex se habían ido al garete y él le había dicho que no se metiera en sus asuntos. ¿Por qué eso la molestaba tanto? Lo único que quería de él eran unas cuantas noches de pasión. . . él había dejado claro que sólo quería una aventura divertida, lo que ella necesitaba para tachar el número uno de la lista, pero entonces ¿por qué se sentía tan mal?

Intentó ahogar sus penas en el trabajo, y tal vez lo hubiera conseguido si no se hubiera cruzado en la cafetería con Peter, el casanova de la oficina, que hasta ese momento no le había prestado ninguna atención, ni a ella

132

le había interesado recibirla. Pero aquel día, Peter la miró de arriba abajo antes de mirarla a la cara de un modo muy sugerente.

—Hola.

Ella respondió con un comentario sin sentido sobre el tiempo y fue hacia la puerta.

—Jessica, espera un momento.

«No puede ser».

—¿Sí?

—Yo —le dedicó una amplia sonrisa, mientras buscaba un tema de conversación—. He tenido algunos problemas con el programa de contabilidad.

—Hace tres meses que no trabajo con ese programa, desde que volví de Suecia —dijo ella, sin creerse que estuviera intentando ligar—. No sería de mucha ayuda.

—Bueno, pero... —estaba claro que buscaba una excusa para retenerla allí— eres tan buena que seguro que lo recuerdas. Podríamos hablar de ello mientras comemos.

—Son las tres y media, así que ya he comido —se giró para marcharse pero él se puso en su camino.

—¿Qué te parece si quedamos para cenar?

—¿Qué te parece si me dejas en paz?

—Vamos, Jessica —la agarró de un brazo para que se volviera y lo mirara—. Puedes dejar esa apariencia de niña buena —le acarició el brazo de un modo que él debía de

133

pensar que era provocativo—. No finjas conmigo.

—¿Que no finja? —exclamó ella, sacudiéndose para soltarse—. No sé de qué estás hablando.

—Tú y Alex Moreno. Vamos, Jessica. ¿Acaso pensabas que no se enteraría nadie?

—No hay nada entre él y yo —y no era porque ella no lo hubiera intentado—. Sólo somos amigos.

—No seas inocente. Los tipos como Alex Moreno no son «sólo amigos» de una mujer.

—Pero si ni siquiera lo conoces.

—Pero me han hablado mucho sobre él y sobre su pasado.

—Peter, por si no te habías dado cuenta, el pasado está pasado.

—De lo que sí me he dado cuenta es de que si un tipo como él está contigo, debe de ser por algo. Supongo que deber de ser algo muy importante para un hombre así hacer bajar a una niña pija como tú de su pedestal.

Por un momento sintió que iba a estallar de indignación, pero al final miró a Peter con los ojos entrecerrados y le soltó:

—¿Qué es lo que te molesta? ¿Que esté con él o que no esté contigo? Lo que pensé fue que si tengo que bajar de mi pedestal, mejor será hacerlo por un hombre de verdad.

Se dio la vuelta y se marchó. Qué desastre. Qué desastre tan desagradable. Ya sabía que Peter era un imbécil, pero lo había sobrevalorado. Lo peor era que tal vez tuviera razón; al fin y al cabo, Alex le había dicho una y otra vez que no era su tipo. ¿Y si sólo lo atraía por ser una «niña pija» a la que hacer bajar de su pedestal?

Lo peor fue que las acusaciones de Peter le dolieron, señal de que sus sentimientos iban más allá de lo que hubiera querido, de que tal vez... No, no estaba enamorándose de Alex. Las mujeres Picantes no se enamoraban con tanta facilidad. Era sólo una aventura y si pudiera hacer que Alex cooperara... ¡Maldición!

Jessica llegó temprano a casa. Alex oyó el coche al llegar y se asomó a la ventana par comprobar que era ella, pero Jessica no bajaba. Se quedó un rato allí dentro, con la frente apoyada en el volante. Al cabo de un rato abrió la puerta del coche y salió por fin. Alex imaginó que estaba enfadada, tal vez hubiera llorado, y esperó oír el portazo que daría al entrar. Todas las mujeres con las que había vivido daban golpes a las puertas cuando estaban enfadadas, pero aparentemente, Jessica no era así. Al no oír nada, dejó el destornillador sobre la encimera y fue al recibidor a verla. La encontró recostada contra la puerta, con la cabeza gacha y los ojos cerrados.

Llevaba un vestido gris marengo, chaqueta y zapatos negros, y el pelo recogido en un moño.

Se maquillaba de forma muy leve y una cadenita con una perla pendía de su cuello. Como la perla, Jessica era una belleza sencilla, elegante y casi delicada.

—Has llegado pronto a casa.

—No conseguía concentrarme en el trabajo —dijo ella, abriendo los ojos. Echo a andar hacia su cuarto llevándose las manos al cuello para quitarse la cadena.

—¿Quieres hablar de lo que te tiene tan enfadada?

Ella se volvió de repente con la perla en las manos, levantó la barbilla y respondió:

—No sé de qué me estás hablando.

—No importa —él sabía cómo tratar a una mujer enfadada—, Su Alteza.

Jessica giró la cabeza a toda velocidad y lo miró enfrentándose a él.

—¿Qué?

Eso estaba mejor. Si conseguía atraer su rabia hacia él, conseguiría que la exteriorizara.

—Estabas haciendo de princesa, así que sólo he seguido con la representación.

—Lo siento —dijo ella, en lugar de protestar.

Él se apoyó contra la puerta entre la cocina y el salón y volvió a preguntar.

—¿Quieres entonces que hablemos de ello o no?

Ella sacudió la cabeza y él pensó que ahí acabaría todo, pero en su lugar, ella imitó su gesto en la puerta de su cuarto.

—Dime una cosa. ¿Me ves como a una niña buena?

—No sé de qué me estás hablando.

—Quiero decir, si soy una niña buena —empezó a caminar hacia él moviendo las caderas rítmicamente—. Una niña pija y buena.

Había tenido razón. Jessica estaba buscando guerra y su rabia tenía una componente sexual muy elevada. A pesar de todo, no pudo evitar que su cuerpo respondiera a la provocación.

—Yo no diría eso —respondió él—. Explícate.

—Tú crees que yo soy una niña buena, una princesita. Por eso me consideras atractiva.

—Yo...

—Ya sé que te atraigo, Alex. Sé que sientes la misma atracción que yo, no intentes negarlo —había un tono de súplica en su voz.

—No iba a hacerlo —admitió él y sus ojos brillaron triunfantes.

—Entonces la pregunta es si te atraigo por ser una niña buena.

—Bien —no sabía cómo habían llegado a aquel punto, pero sería sincero con ella—. Sí creo que eres una chica buena, pero también creo que eres algo más que eso. Eres inteligente y divertida. Eres trabajadora y eso también es admirable, porque en realidad tienes dinero suficiente como para no necesitar trabajar. Creo que...

—La cuestión es —lo interrumpió poniéndole una mano sobre el pecho— si la niña buena te atrae, porque estoy cansada de ser buena.

Jessica dibujaba sin querer con el dedo sobre el pecho de Alex, dificultándole el pensar con claridad. Después lo miró con esos imposibles ojos azules y dijo:

—Quiero ser mala, Alex. Quiero sentir la lujuria descontrolada de la que hablabas. Eso quiero.

Él luchó contra la respuesta de su cuerpo a esas palabras, pero sus caricias lo estaban volviendo loco. Él se apartó para poner distancia entre ellos, pero ella lo siguió hasta acorralarlo contra la encimera. Alex le agarró la mano para que dejara de dibujarle sobre el pecho.

—Jess, no sé qué ha hecho que estés así, pero si estás de tan mal humor sería un error...

—Te prometo que no me arrepentiré. Esto

es lo que quiero. Es lo que los dos queremos.

Ella dio un paso adelante para eliminar el espacio entre sus cuerpos y atrapó sus manos unidas entre ellos. Ella le bajó la mano de modo que le rozase el pecho y sus pezones se endurecieron al sentir el contacto.

—Vamos, Alex, has sido un chico malo toda la vida. Deja de intentar ser bueno.

CAPÍTULO 12

Un segundo más tarde, sus manos volaban sobre el cuerpo de Jessica. La agarró por la cintura y la levantó para sentarla sobre la encimera. Cada vez que la tocaba ella sentía descargas de placer por todo el cuerpo: el aire frío contra su piel, el tacto áspero de sus dedos callosos... eran las manos fuertes y duras de un trabajador. Jessica deseaba sentir esas manos por todas partes; sobre el cuello, sobre los pechos, entres sus piernas.

Nunca había deseado tanto a un hombre tanto, nunca se había sentido tan vacía sin él.

Ella lo encerró entre sus piernas y lo atajo más hacia sí. Tenía el vestido subido casi hasta la ingle y notaba el roce de sus vaqueros contra la cara interna de sus muslos. La sensualidad de tenerlo entre sus piernas le cortaba la respiración, pero saber que él la deseaba tanto como ella a él era aún peor.

Él le acarició la mejilla con los labios y después la besó, el beso más cálido y húmedo de los que le habían dado hasta ese momento. El calor y el deseo crearon un torbellino dentro de su cuerpo que se concentró en su entrepierna haciéndola palpitar de necesidad. Como si supiera exactamente lo que ella deseaba, él la agarró por las caderas y la empujó contra él, lo que la hizo gemir.

Podía sentir su miembro viril duro bajo sus pantalones y sus finas medias de seda no eran barrera para el calor que transmitía la erección.

De repente, ansiosa por sentir la piel de Alex contra la suya, le desabotonó la camisa y descubrió un cuerpo endurecido por el duro trabajo manual y unos músculos bien definidos. No pudo evitar asombrarse por el tacto de su cuerpo. Tenía la piel de un color mucho más oscuro que la suya y era suave, excepto por una fina capa de vello negro.

Nunca había estado con un hombre con un pecho como aquél, tan oscuro y fuerte. Alex se ganaba la vida con aquellos músculos.

Las diferencias entre sus cuerpos la tenían fascinada. La fuerza de él contra su suavidad, sus músculos planos contra las curvas de ella. Sus pieles, oscura y clara.

Entonces Jessica sintió las manos de Alex en su espalda, en su cremallera. Con un solo movimiento descubrió su piel y empezó a acariciarla. Ella gimió y se retorció para liberar los brazos del vestido. Cuando él empezó a pelear con la tira del sujetador, Jessica sonrió y soltó el broche frontal sin más, dejándolo a un lado, pero no pudo evitar ver su expresión. Su cara estaba llena de deseo mientras le miraba los pechos desnudos. Por primera vez en su vida, se sintió orgullosa de su cuerpo, halagada por la reacción de un hombre al verlo.

Entonces levantó las caderas y se quitó el vestido, dejándolo a un lado. Sentada casi desnuda sobre la encimera de la cocina, empezó a temblar y no de frío, sino de deseo y ansiedad cuando él le acarició el pecho con un dedo y dibujó círculos en su pezón. Al acariciarlo, centró su atención en la respuesta de Jessica, que enseguida arqueó la espalda y suplicó que la tocara más.

—Por favor —se oyó gemir—. Por favor, Alex. . .

Alex se mordió el labio y pasó de estar muy serio a reírse.

—Me gusta oírte suplicar —bromeó—. Creo que dejaré que lo hagas un rato.

—Oh, Alex, no me hagas esperar.

Y no lo hizo. Bajó la cabeza y empezó a lamerle el pezón. Ella estaba casi deshecha por la sensación de succión en el pezón y por ver su cabello negro contra su piel blanca y su boca sobre su pecho, que lo apretó más con las piernas. Sin poder contenerse, empezó a frotar su carne deseosa contra su erección.

—Ahora, Alex —gimió—. Por favor, ahora.

Él pareció ignorarla, porque siguió lamiéndole primero un pecho y después el otro, hasta que por fin la miró y le dijo, aún con un brillo bromista en la mirada:

—Dime qué quieres —ordenó.

—A ti. Te quiero a ti.

Sujetándola con una mano por la espalda, bajó la otra por su vientre hasta la línea de las braguitas, que estaban húmedas de deseo por él, e introdujo un dedo bajo el elástico.

—Sé más específica.

—Estás disfrutando mucho con esto —casi gruñó ella.

—¡Espero que tú también! —rió él.

—Ya sabes lo que quiero... —se le cortó la respiración al notar que él bajaba el dedo bajo las braguitas para juguetear con su zona más sensible—. Te quiero dentro de mí. Por favor, Alex, hazme el amor.

Sólo tuvo que pedírselo una vez. Con un brusco movimiento, él se sacó la cartera del bolsillo, lo que la dejó muy extrañada hasta que vio que sacaba un condón. Mientras lo abría, ella le desabotonó el pantalón y le bajó la cremallera para bajarle los pantalones y los calzoncillos a la vez. Al liberar su erección le temblaron las manos y tuvo que concentrarse en hacer movimientos suaves mientras lo sostenía en su mano. Después, tomó el condón que él había sacado y se lo colocó casi con reverencia. Él pareció excitarse tanto que se quitó las bragas a toda velocidad y las tiró a un lado. Con una mano sobre su mejilla y la otra en su cadera, él la llevó hasta el borde de la encimera para entrar dentro de ella. Ella tembló al sentir que la penetraba completamente y se apartó de sus labios para susurrar su nombre. Aferrándose a sus hombros, con la mejilla contra la de él, gimió:

—Alex, por favor...

Ella gemía cada vez que la penetraba, levantando las caderas para aceptarlo más y más dentro. Él parecía llegar hasta el centro de su ser, hasta su corazón. Y con cada penetración la llevaba más y más cerca del borde... hasta que por fin Jessica se disolvió a su alrededor cuando él la penetró por última vez gritando su nombre.

Estaba tan bien con Jessica en sus brazos que no quería moverse, así que antes de levantarse de la cama no pudo evitar besarla una última vez. Después de hacer el amor en la cocina, la llevó en brazos hasta la habitación, donde le había hecho el amor una vez más.

Si por él fuera, no volverían a levantarse de esa cama, pero no tenía opción, así que vertió en ese beso todas las emociones que no podía decir en voz alta.

—¿No dijiste que habías quedado con tus padres para cenar? —dijo él al levantarse.

Por un segundo su expresión permaneció suave y sensual y después, al volver a la realidad, se puso rígida.

—Maldición.

Le levantó de un salto, sacudió la cabeza para aclarar sus pensamientos y corrió al baño.

—¿Qué hora es? —gritó desde allí.

—Las siete menos cuarto —dijo él, observándola.

—Maldición. Yo puedo estar lista en diez minutos, ¿y tú?

—¿Quieres que vaya contigo?

—¡No! Lo digo para que nos marchemos a la vez y así podré cerrar la puerta, pero tú tienes también una llave, ¿no? —sacudió la cabeza de nuevo—. No quieres venir, ¿verdad? ¿O sí?

Ya no importaba lo que hubiera dicho hacía cinco minutos. Había visto su expresión aterrada y había quedado claro que no quería presentarles a sus padres. De hecho, la idea de conocerlos lo había dejado sin sangre en las venas.

—No, no quiero conocerlos.

—Bien. Quiero decir... no son... sería extraño presentártelos hoy después de... ya sabes. Además, no te esperan.

—Ya lo entiendo.

—No... —dudó ella—. No estás enfadado, ¿verdad?

—Claro que no. Las palabras se le atascaron en la garganta, pero las obligó a salir.

No se había dado ni cuenta. Ella suspiró aliviada y fue al baño.

Alex se vistió maldiciéndose para sus adentros. ¿Qué demonios le pasaba? No quería conocer a sus padres... ¿Por qué se enfadaba tanto? Lo que lo mataba era el que Jessica no quisiera que los conociera.

—¿Has visto mi cadena? —preguntó ella, transformada de nuevo en princesita con un vestido color crema por la rodilla y un pañuelo a juego.

—Está encima de la mesita del recibidor.

—Gracias.

Ya estaba casi en la calle cuando ella lo llamó.

—Alex, espera.

Alex se detuvo con un juramento para sí y se giró para mirarla. Ella cerró la puerta con llave y fue hacia él. El atardecer ensombrecía su rostro y enmarcaba la perfección de sus rasgos.

—¿Cuándo te volveré a ver?

—Volveré mañana para acabar de derribar la pared y limpiar el escombro. Después tardaré unos días en volver, porque no traen la madera y el resto de materiales hasta la semana que viene.

—No me refiero a eso. ¿Cuándo te volveré a ver?

—Lo que ha ocurrido hoy ha sido un error. Los dos lo sabemos.

Ella dio un respingo como si le hubieran dado una bofetada en la cara.

—¿Un error? ¿De qué estás hablando?

—Vamos, Jessica. Ya has tenido tu aventura con el obrero de turno. No me digas que esperabas que de esto saliera una relación duradera.

—¿Qué? ¿Obrero de turno? ¿Eso crees que eres para mí?

—Está bastante claro —dijo él, sin hacer caso de su tono de sorpresa—. Mira, ha estado bien, pero ha sido por la novedad.

—Alex, espera —dijo, agarrándolo de un brazo para que no se marchara—. Eso no es justo para ninguno de los dos. Lo que ha ocurrido hoy ha sido más que una novedad —parpadeó—. ¿O no?

Contra su voluntad, él se ablandó.

—¿Quieres seguir hablando de esto ahora? ¿No te están esperando tus padres?

—¡Así que es por eso!

—Mira, no quieres que los conozca. Me parece bien. No puedo culparte por ello.

—¿Eso es lo que crees? ¿Que me avergüenzo de ti? —no lo dejó alejarse y le acarició la mejilla—. No es de ti de quien me avergüenzo, sino de ellos.

—¿De tus padres? ¿Del senador y de su esposa? —nunca la imaginó mintiendo sobre aquello.

—No sabes cómo son...

—Vas a llegar tarde.

—¡No! Escúchame, maldita sea —él la miró por primera vez desde que estaba en la cama y la vio más pálida de lo normal y muy preocupada—. Alex, mis padres pueden ser... muy bruscos. Especialmente con mis novios. Mi padre les pregunta cuánto ganan y si tienen plan de pensiones, y mi madre... oh, mejor no hablar de mi madre.

La observó buscando signos en su rostro de su mentira, pero no encontró ninguno. A pesar de todo, seguía gustándole que intentara protegerlo.

—Sé cuidar de mí mismo.

—Estoy segura de ello —sonrió aliviada—. Créeme, no eres tú quien me preocupa.

Él estuvo a punto de creerla, su instinto le decía que era honesta, pero no podía fiarse de él. Su instinto también le decía que la tomara en brazos y la llevara de nuevo a la cama para pasar la semana siguiente amándola sin parar.

Pero eso no resolvería nada y ella ya había tenido su aventura con el chico malo. Se había probado a sí misma que no era aburrida ni desapasionada. Para ella había sido una forma de expresarse, y para él lo había sido todo.

CAPÍTULO 13

—Cariño, no revuelvas la comida en el plato.

Era el reproche número veintitrés en media hora. No estaba mal. Una de las críticas fue el color demasiado brillante de su pintalabios. Jessica sonrió y no le dijo a su madre que no llevaba y que el color se lo habían dado los besos de Alex.

Aquella vez Jessica miraba a su alrededor con otros ojos. Estaban en la sala principal del club de campo, que fue reformada en los ochenta por el tío de Alex, y probablemente él también colaboró. Con la reforma se había pretendido que el edificio tuviera un estilo de principios de siglo, como el centro de la ciudad, y el resultado había sido espectacular. Jessica se sintió orgullosa de Alex y se preguntó si ella había creado alguna vez algo tan digno de mención.

—Jessica, si no vas a comer más, lo mejor será que dejes el tenedor a un lado y dejes de jugar con la comida.

—Gracias por el consejo, madre.

—Jessica —dijo su madre muy seria—, ¿es necesario que te rebeles como una adolescente?

—¿De qué me estás hablando?

Su padre se aclaró la garganta y las miró por turnos. Después cambió de tema.

—Jessica, ¿cuándo vamos a volver a ver a ese novio tuyo?

—¿Qué novio?

—Sí, ¿no estabas saliendo con alguien antes de marcharte a Suecia?

—Tuve un par de citas con él, pero lo dejamos antes de que yo me marchara.

Su madre dejó el tenedor sobre el plato con un largo suspiro.

—Ojalá me lo hubieras dicho antes de comprar las invitaciones para la cena de recaudación de fondos. No creo que pueda devolverlas.

—Te lo dije —le costó evitar el tono de frustración en su voz—. Además, el dinero de las entradas es para una buena causa. Dudo que mil dólares más o menos cambien tu vida.

—Claro, pero...

—La campaña está yendo bien —interrumpió su padre antes de que pudiera continuar, no tanto para evitar la pelea como para volver a centrar la conversación sobre él.

—Muy bien, papá —suspiró Jessica, sin ningún interés en la campaña.

Desde que su padre fue elegido senador, todas sus conversaciones parecían una entrevista. Cuando estaba en medio de una disertación sobre el recorte del presupuesto de educación, ella lo interrumpió.

—¿Cuál es tu posición sobre la propuesta de ley del senado para ayudar a los trabajadores inmigrantes?

—¿No has leído la información que te pasé sobre la plataforma de tu padre? —preguntó su madre.

—Pues lo cierto es que no.

—¡Cuántas veces. . .!

—Caroline. . . —interrumpió su padre, enviándole un sutil mensaje silencioso—. Me alegro de que me preguntes, Jessica. Sabrás que es un asunto difícil porque la preocupación por los trabajadores debe equilibrarse con la prosperidad económica de las pequeñas granjas familiares. . .

—Papá, tú puedes hacer cosas maravillosas, ¿cómo puedes ignorarlo?

Su madre dejó la copa de vino sobre la mesa de un golpe.

—¿Es necesario que cuestiones la política de tu padre en público?

No le permitían hablar de política en público, pero hacía meses o años que no veía a sus padres en privado. A veces sentía que aquellas cenas semanales se debían a que daría mala impresión si el conservador senador John Sumners no veía a su hija todas las semanas. Sabía que sus padres la querían, a su manera, pero recordaba haber pasado toda su infancia buscando su afecto. Apenas veía a su madre, más que cuando la llevaba a algún acto benéfico, y tenía pocos recuerdos de ella más que el olor a Chanel N° 5 y a vodka.

Jessica tenía recuerdos mucho más amables de su ama de llaves y cocinera, la señora Rivera, una mujer oronda que daba abrazos y galletas con la misma generosidad. Olía a vainilla y a una mezcla de especies exóticas, como el comino y el coriandro, que nunca utilizaba en los platos sofisticados que llegaban a la mesa de los Sumners.

Un verano Jessica fue a un campamento de tenis en el que no hizo ninguna amiga ni aprendió nada, pero a la vuelta se encontró con que la señora Rivera había sido sustituida por la señora Nguyen, una estirada vietnamita que cocinaba al estilo francés, olía a eucalipto y nunca hacía galletas.

Era la primera vez que pensaba en la señora Rivera en años y se preguntó qué habría sido de ella. Se sintió avergonzada por no haberse preocupado por ella en años. No le había mentido a Alex al decirse que se avergonzaba de sus padres, pero también se avergonzaba de sí misma. Era igual que ellos y su mayor temor era ser tan autoritaria y manipuladora como lo eran ellos. Era algo que no le gustaba admitirse a sí misma, cuando menos, admitírselo a Alex.

Capítulo 14

A Jessica le costó varios minutos armarse de valor para llamar a la puerta de Alex con una alegre y falsa sonrisa en los labios. No lo había visto desde el día que se acostaron y después se pelearon, y ése no era modo de empezar una relación, ni siquiera una aventura.

Lo cierto era que presentarse sin haber sido invitada en una fiesta tampoco era un movimiento muy delicado, pero cuando salió de casa no esperaba encontrarse la casa de Alex tan concurrida. La acera estaba llena de coches y del interior de la casa salía una seductora melodía latina muy distinta del jazz que Alex escuchaba mientras trabajaba.

Cuando la puerta se abrió, una mujer de mediana edad con el pelo canoso salió a recibirla. La mujer, seguramente la madre de Alex, le preguntó algo a Jessica en español, que se quedó helada.

—Hola —dijo por fin, en inglés, mientras

buscaba en su español del colegio algo que decir.

—¿Vienes a ver a Alejandro? —preguntó la mujer de ojos negros y sonrientes en inglés, pero con un fuerte acento.

—¿Alejandro? Sí, Alex.

—Pasa, pasa.

La mujer la llevó a la cocina con el resto de las mujeres y allí le presentó a las hermanas de Alex, Marisol e Isabel, y a algunos de sus sobrinos. Jessica pensó en su madre, que recibía siempre a sus invitados en un saloncito especial con tostadas de brie y música de Chopin.

El ambiente olía a tamales y a carne a la brasa, y unos minutos después de haber llamado a la puerta, ya tenía a un niño sentado en el regazo y todos la trataban como a una vieja amiga de la familia. Nadie pareció preguntarse por qué estaba en medio de una celebración familiar. Lo malo era que Alex sí se enfadaría al verla, porque si hubiera querido que estuviera allí la hubiera invitado él mismo.

Como producto de una invocación, Alex apareció en la puerta un segundo después de pensar en él. Por la puerta abierta pudo ver a un grupo de hombres sentados en el jardín y unos niños peleando en la hierba. Era un ambiente tan alegre que se odió a sí misma por irrumpir en esa fiesta con su familia. Y a juzgar por su mirada, él era de la misma opinión. Jessica le pasó el niño que tenía en brazos a su madre y fue hacia él.

—Hola. Siento haber venido a tu casa.

—No hay problema —dijo él, invitándola a salir de la cocina—. Es el cumpleaños de mi sobrina Miranda.

De acuerdo. Era una fiesta familiar, no el tipo de evento al que se invita a los amantes. Era normal que no la hubiera invitado, puesto que ella tampoco lo había llevado a cenar con sus padres.

—Sólo venía a traerte noticias.

—¿Sobre la casa?

—Algo así —se sentó en el sofá consciente de las miradas de las mujeres, pero si él podía actuar de modo profesional delante de su familia, ella también podía hacerlo—. Es sobre tu oferta de reforma del tribunal.

—¿Qué le pasa? —dijo, evidentemente irritado aunque tratara de ocultarlo.

—La Gala Anual de la Sociedad Americana Contra el Cáncer —dijo, sacando del bolso las dos invitaciones que su madre le había dado—. Todo el pleno del ayuntamiento estará en el club de campo esa noche, y también los miembros de la Sociedad Histórica —como él la seguía mirando sin expresión, ella siguió—. Si vas a la gala, podrás codearte con la gente que decide a quién le da el trabajo.

Su mirada brilló interesada, pero el brillo pronto desapareció.

—Sé que no tengo ninguna oportunidad de que me lo den a mí.

—Alex, la ciudad ha cambiado, y tú tienes que mostrarles que también has cambiado.

—¿Y crees que podré hacerlo yendo a esa gala?

—Sí, lo creo. La gente del ayuntamiento son gente de negocios y sólo se fijarán en si tu oferta es mejor que las demás, pero la Sociedad Histórica se rige por otros parámetros. Tienes que impresionarlos, y si vamos juntos...

—Lo empeorará todo.

—Sólo si la gente cree que me avergüenzo de estar contigo, pero no es el caso. Si nos ven juntos, verán que no eres sólo un obrero, sino un hombre de negocios con el que estoy saliendo —él aún no parecía muy convencido—. Incluso si no consigues el trabajo del tribunal, podrás conocer gente, clientes en potencia. Vamos, Alex, no puede hacerte daño.

—Lo pensaré —dijo por fin.

—¿El qué vas a pensar?

En ese momento Jessica vio a la madre de Alex en la puerta secándose las manos en un trapo de cocina y vio una posible ayuda en ella.

—Estoy intentando convencer a Alex para que me acompañe a una gala. No quiere hacerlo, pero sería bueno para su negocio.

Su madre levantó las cejas.

—¿Qué significa. . .? ¿Gala?

—Una fiesta muy grande, con posibles clientes y gente con influencia.

La madre de Alex frunció el ceño, confusa de nuevo, y a Jessica se le formó un nudo en el estómago. Alex acudió al rescate y le tradujo la frase al español.

—Ah —dijo la mujer—. A veces mi inglés no es muy bueno. . .

—Oh, no, señora Moreno, sí que lo es —protestó ella automáticamente.

—Llámame Rosa —dijo la mujer, sonriente, agarrándola del brazo y llevándola a la cocina—. Mi hijo no me dice nada, pero yo sí me preocupo. ¿Cómo no me voy a preocupar? —y sin darle tiempo para replicar, preguntó—: ¿Te quedas a cenar? ¿Sí? Alejandro nos pagó el avión a José y a mí hasta Sacramento para venir al cumpleaños de Miranda. Los chicos están haciendo la carne y nosotras los tamales. ¿Quieres ayudarnos?

Antes de que Jessica pudiera decir nada, Rosa la metió en la cocina, le sirvió una bebida y la puso a enrollar tamales en hojas de maíz. Las otras mujeres sonrieron cuando Rosa les contó lo de la gala, pero Jessica podía ver en sus sonrisas que se preguntaban quién era ella y qué tenía que ver con su hermano.

Alex no decía nada, pero lo que pensaba estaba muy claro. Contarle a su madre lo de la gala tal vez hubiera servido para hacer tiempo, pero desde luego, lo había enfadado y tarde o temprano tendría que enfrentarse a ello.

Lo último que deseaba era presentarle a Jessica a su enorme y ruidosa familia. Por eso no le había contado que sus padres iban a ir a pasar el fin de semana con él. Era perfectamente consciente de lo distintos que eran de los perfectos padres de Jessica. Los había visto en una foto del periódico local muy sonrientes en una cena de beneficencia de a mil dólares el cubierto. Se podría alimentar a toda su familia durante mucho tiempo con la mitad de ese dinero.

Se preguntó cómo reaccionarían si supieran que él, el hijo de unos trabajadores inmigrantes, se acostaba con su hija. Un hombre que no podía pagar un cubierto de mil dólares para cenar con el senador Sumners.

No pudo evitar pensar en cuántas cenas de a mil dólares, tan distintas de su barbacoa de jardín, habría estado Jessica. Estaba esperando que en cualquier momento inventase una excusa y se marchase, pero no lo hizo. Llevaba el conjunto que compró el día que salieron de compras juntos, que acentuaba sus bonitas piernas y sus estrechas caderas. Completaban el conjunto unas sandalias a juego y su cadenita con el colgante de la perla.

Alex la observó mientras enrollaba tamales con gran concentración. Cuando su madre llamó a todo el mundo a la mesa, él estaba listo para verla marchar, pero su madre la sentó entre Isabel y Luis, que había venido a pasar el fin de semana desde la universidad.

—No estés tan preocupado —dijo Tomás, sentado a su lado—. Ella está bien.

—No estoy preocupado.

—¿Acaso no crees que se lo está pasando bien? Yo la veo muy contenta.

—Tomás, mira a tu alrededor —se burló Alex—. Ella es hija de un senador. Celebran sus fiestas familiares en el club de campo. ¿Te parece que éste sea su tipo de fiesta?

—A mí me parece que está muy a gusto. Tú eres el que está incómodo.

Y lo cierto era que ella parecía estar bien, pero justo en ese momento, su sobrina Beatrice, de dieciocho meses, fue hacia Jessica con los brazos levantados. Allí acababa todo.

Eso sería lo que haría que saliera corriendo hacia la puerta.

Pero Jessica dejó el tenedor sobre la mesa y tomó a la niña en brazos de un modo extraño, debido a su inexperiencia, pero a Beatrice no pareció importarle. Se acurrucó en su regazo y empezó a juguetear con el pelo de Jessica a la vez que comía una tortilla de maíz. Jessica parecía cada vez más cómoda con la pequeña sobre sus rodillas y empezó a darle de comer trocitos de carne asada de la forma más natural, mientras hablaba con Isabel.

Mirándola, su corazón se llenó de algo terriblemente parecido al amor. No era la lujuria de adolescente contra la que había luchado tanto, sino algo mucho más complicado. Lo alegraba que hubiera ido, que se llevara bien con su familia, pero iba más allá. Quería que estuviera allí no sólo entonces, sino todos los días. Quería verla sentada dando de comer a sus hijos. Sabía que había estado engañándose sobre sus sentimientos hacia Jessica: no era deseo ni lujuria, sino el sentimiento con mayúsculas. Y eso lo aterrorizaba.

—¿Ves? No está teniendo ningún problema —dijo Tomás, detrás de él.

—Por ahora —admitió Alex, pero todo iba mejor de lo que hubiera imaginado.

—Dime una cosa. ¿Qué te da más miedo,

que no se lleve bien con la familia, o que sí se lleve bien? —preguntó su hermano.

—¿No tienes nada mejor que hacer que molestarme? —dijo Alex, irritado.

—Lo cierto es que sí. Les he prometido a los chicos un partido de baloncesto.

Y Tomás se levantó de la silla con su plato vacío sin que Alex se ofreciera a ir a jugar con ellos. No podía quitarle los ojos de encima a Jessica, y tampoco quería hacerlo.

Por primera vez pensó que tal vez se había equivocado con ella. Si sólo quería una aventura con él, no se hubiera quedado todo el día con su familia. Una mujer que quería un asunto sin complicaciones no se comportaba de ese modo. Hasta entonces había asumido que Jessica no se conformaría con tener una relación con alguien como él, de una familia pobre de obreros, pero ¿y si todo era como ella había dicho? La gente no lo miraría mal si ella no se avergonzaba de estar con él y por sus palabras se deducía que no la avergonzaba estar con él. ¿Y si sus miedos de no ser lo suficientemente bueno para ella fueran imaginaciones suyas? Todo lo que sabía de ella le decía que no estaba interesada en una relación duradera, pero ¿y si todo lo que sabía de ella era incorrecto?

Jessica reía, pero no se sentía en absoluto alegre. Isabel y Luis estaban contando historias sobre Alex que acababan siempre con un «ya conoces a Alex», pero a cada minuto que pasaba sentía que lo conocía menos. Lo peor era cuando sin darse cuenta empezaban a hablar en español y mencionaban a «Alejandro», que para ella era un completo desconocido. Después se disculpaban y se lo traducían todo, pero eso no aliviaba la extraña sensación de estar fuera de lugar.

A medida que avanzaba la tarde, empezó a llegar más y más gente: tíos, primos y amigos, parte de una comunidad de Palo Verde cuya existencia ella desconocía por completo. Tomó un trago del cóctel margarita que alguien le había servido y miró hacia la puerta. ¿Sería de mala educación marcharse antes de que la homenajeada acabara de abrir sus regalos? Además, ella no le había traído nada. Era el problema de presentarse por sorpresa en una fiesta de cumpleaños.

Antes de poder escapar, Miranda fue a avisarla de que iban a tomar la tarta. Isabel y Luis fueron a buscar platos de papel y cubiertos y ella se quedó sola con la niña. Miranda tenía en las manos un libro muy gordo y se lo mostró a Jessica.

—Es el regalo del tío Alejandro.

—¿Te gusta Harry Potter? —dijo Jessica, mirando la portada.

—Sí, me he leído todos los anteriores.

—Vaya, me has impresionado —dijo Jessica, aunque no tenía ni idea de qué libros leían las niñas de su edad.

—Tío Alejandro dice que el libro también es regalo tuyo, pero yo creo que lo dice por ser amable porque tú has olvidado mi regalo.

Jessica hizo una mueca y se llevó las manos al broche de la cadena de plata.

—Sí te he traído un regalo, pero no lo he envuelto —le mostró la cadena con la perlita a Miranda.

—¿Es para mí? —dijo la niña asombrada—. Es muy bonito.

—Claro —dijo Jessica después de dudar un momento—. Date la vuelta y te lo pondré.

Mientras le ponía el colgante a la niña sintió lo mismo que cuando tenía a Beatrice en brazos. Era como si la familia de Alex estuviera ganándosela, al igual que lo estaba haciendo él.

Al levantar la vista vio a Alex mirándola, una vez más. Durante todo el día, cada vez que levantaba la mirada se encontraba con sus ojos observándola con tal intensidad que la hacía temblar. Por un instante casi olvidó que no había querido que estuviera allí y se perdió en la intimidad de su mirada. Después el momento pasó y volvió de golpe al presente.

Miranda había ido a mostrarle a su abuelo el colgante que Jessica le había regalado y éste le dijo algo a la niña en español que hizo que Miranda fuera de nuevo hacia ella a darle solemnemente las gracias. El hombre, más bajo que sus hijos, pero con la imponente presencia de alguien que se ha ganado la vida gracias a su fuerza física, se acercó a ella y le sonrió. Jessica apenas hablaba español, y él apenas hablaba inglés, así que se quedaron mirándose y sonriéndose sin decir nada.

—Mi chico. Alejandro —dijo el hombre en inglés tembloroso—. Es un buen chico.

Ella lo buscó con la mirada y lo vio bailando en el jardín con Luis, Marisol y los demás, pero Alex estaba bailando con Beatrice en brazos. La escena era tan sexy y tan adorable que se quedó casi sin aliento.

—Sí, claro que sí —asintió ella. «Y mucho más que eso», se dijo a sí misma.

—Quiero que a Alex... —pareció buscar las palabras adecuadas—. Le vaya bien. Ayúdalo.

—Sí —dijo ella—. Lo ayudaré —eso era lo que intentaba, si él la dejaba.

Entonces el padre de Alex la tomó por los

hombros y la llevó hacia donde los otros bailaban, a pesar de que ella intentó resistirse. Aquel ritmo latino que pedía movimientos exuberantes no tenía nada que ver con las melodías calmadas que se bailaban en el club de campo.

Pero Jessica acabó bailando con el padre de Alex hasta que Tomás pidió un cambio de pareja y la hizo reír todo el tiempo que duró la canción. Después, él la dejó en los brazos de Alex. Ella se quedó sin aliento al verse rodeada por sus fuertes brazos. No habían tenido ocasión de hablar a solas en todo el día, y aunque no estaban a solas, las luces del jardín proyectaban una luz que inducía a la intimidad.

Cuando él levantó el jersey para colocar la mano sobre la piel desnuda de su espalda, le resultó lo más normal del mundo. Ella apoyó la cabeza en su hombro y se dejó llevar. Olía a sol, al humo de la barbacoa y a las especias de la carne.

—No tenías que haberle dado tu collar a Miranda —murmuró él, acariciándole la oreja.

—No tenía nada más que darle —repuso ella.

—Le diré a Isabel lo que vale y Miranda sólo lo llevará en las ocasiones especiales —dijo.

Jessica quiso decirle que tal vez fuera mejor

que la niña disfrutara del collar, pero tal vez eso fuera algo que sólo una niña rica pudiera permitirse.

—Alex, hoy lo he pasado muy bien. Tu familia es. . . —no sabía cómo decir lo mucho que la habían emocionado su amabilidad y su cálida bienvenida.

—¿Locos? ¿Ruidosos? ¿Agobiantes?

—No, bueno, sí, pero son maravillosos —dijo ella riendo. Sabía que su propia familia nunca se hubiera comportado de ese modo con un extraño y además eran una parte de Alex que nunca hubiera visto de otro modo y que temía no volver a ver.

—¿Adónde crees que vas?

Ella estaba frente a la casa, e hizo un gesto hacia su coche, aparcado sobre la acera.

—Me voy a casa.

—¿Y no ibas a despedirte?

—Estabas muy ocupado y no he querido molestarte más —no había querido distraer su atención y mucho menos explicar lo sola que se había sentido de repente por no ser realmente parte de aquella familia.

—Quédate.

—¿Ahora quieres que me quede? Antes no querías que estuviera aquí.

—Yo no he dicho eso —dijo Alex bajando la cabeza.

—No tenías que decirlo. No me habías invitado a conocer a tu familia.

Él le tomó la mano y tiró de ella hacia él.

—No te invité porque no quise que te sintieras intimidada.

—Oh, qué va. Son fantásticos —admitió—. Me he sentido parte de la familia.

—Las malas noticias son —dijo él tras una carcajada— que ahora casi lo eres. Ahora que mamá sabe que estamos saliendo, te llamará, te llevará comida... Por eso no te invité, para no asustarte.

—Yo no me asusto fácilmente —dijo ella, poniéndose rígida.

Pero lo cierto era que un poco sí se había asustado. A pesar de lo que dijera Alex, sólo él podía hacer que fuera parte de la familia, y eso era poco probable.

—¿Has pensado lo de la gala? —preguntó ella para cambiar de tema.

—No.

—Deberías venir. Es el tipo de evento que puede hacer que...

—Deja de recordármelo —dijo con voz dura.

—Sólo quería decir...

—Ya sé lo que querías decir.

—Alex, tu familia está muy orgullosa de ti —dijo sintiendo su cuerpo tenso como un arco—. Quieren que tengas éxito.

Ella quería que le diera una respuesta sobre la gala o que le dijera qué lo molestaba tanto de todo aquello, pero en lugar de eso, él la acorraló contra la pared. La ventana de la cocina estaba unos pocos metros por encima de ellos.

—Es la primera vez que estamos solos en todo el día —murmuró—. ¿De verdad quieres hablar de eso?

—Alex, no... —pero sus palabras no tenían ninguna fuerza—. Tu familia —dijo, mirando la ventana.

—Están ocupados en otras cosas —se acercó más a ella y colocó la rodilla entre sus piernas. Con una mano le acarició el brazo y con la otra le retiró un mechón de pelo de la cara.

—Pero pueden vernos —dijo, intentando apartarlo sin fuerza.

—No nos verán. Nos tapan los rosales y además no saben que estamos aquí —se inclinó para besarle los labios.

Él tenía razón. Estaban casi ocultos por una enredadera de flores blancas cuyo aroma se mezclaba con el de Alex en una mezcla que estuvo a punto de intoxicarla. Su pulso se lanzó a la carrera y separó las piernas para dejar sitio al muslo de Alex. Una parte de ella sabía que aquello era un error y que podía aparecer alguien en cualquier momento, pero no le importaba, lo único que le importaba era el ardor que no la dejaba respirar. Necesitaba su cuerpo contra el de él y que le asegurara cuánto la deseaba, físicamente si no era emocionalmente.

Ella entreabrió los labios para prepararse para su beso, y su boca llegó hasta ella impaciente y exigiendo una respuesta por su parte que no le costó conseguir. Después de unos cuantos besos y unas caricias sobre su piel desnuda, al notar sus manos sobre los pechos supo que estaba perdida. La pasión se reveló como una avalancha. Llevaba todo el día cerca de él pero no con él, y lo necesitaba, por arriesgado que fuera y a pesar de todos los interrogantes que había en su relación.

Ella se aferró a sus hombros moviendo las caderas para frotarse contra él. Podía notar su erección bajo los vaqueros pero su falda se interponía, así que se la subió por encima de los muslos casi sin darse cuenta de lo que estaba haciendo. Y gimió al sentir la dureza de su muslo en contacto con su entrepierna.

—Jess —le susurró él al oído.

—Alex, por favor, dime que tienes un condón.

Él se quedó helado y después soltó un juramento.

—No tengo —ella cerró los ojos para intentar ocultar su frustración.

—¿Puedes venir esta noche?

—Sí. ¡Maldición! No. Mis padres se van a quedar en mi casa.

Ella casi gruñó en voz alta.

—Shhh —murmuró él—. No pasa nada.

Le deslizó la mano por el muslo, apartando la falda y las braguitas hasta llegar a los pliegues de su sexo. Ella gimió al notar sus dedos.

—Shh —murmuró Alex de nuevo cuando ella volvió a gemir al notar que él introducía primero un dedo y luego otro dentro de ella. Con el pulgar empezó a acariciarle el clítoris, muy suavemente, tanto que casi le hizo perder la conciencia. Las voces de la cocina se acallaron y pronto lo único que pudo oír fue el ritmo de la música combinado con el tempo de su propia respiración y el palpitar de su sangre.

Y lo único que sentía era el calor de sus manos, la fuerza de su cuerpo y el tacto de sus dedos, que la llevaban más y más alto, hasta que su cuerpo y su alma se condensaron en ese diminuto trocito de carne. Estaba al borde del precipicio y sólo faltaba que él la empujara, como hizo. Sus músculos se contrajeron sobre los dedos de Alex y su corazón latió contra el pecho de él mientras la besaba para capturar cada uno de sus gemidos de placer.

CAPÍTULO 15

Ella quería ser Picante, pero hacerlo con un hombre con toda su familia cerca estaba bastante por encima del nivel de esa lista.

Jessica se alisó la falda e intentó arreglarse el moño mientras buscaba algo que decir, pero se sentía completamente perdida.

Alex seguía del mismo buen humor y le levantó la barbilla para que lo mirara a los ojos.

—¿Por qué no vuelves dentro conmigo y te quedas el resto de la velada?

—No, gracias —imposible después de lo que acababan de hacer—. Me iré a casa.

—De acuerdo —dijo él, y la acompañó hasta el coche—. Te veré mañana.

—Sobre la gala...

—No te preocupes —dijo él con un suspiro de fatiga—. Allí estaré.

Después le dio un beso en los labios antes de verla marchar en el coche calle abajo.

De camino a casa Jessica pensó que había

muchas cosas que no se habían dicho. A pesar de la intensa atracción física, no tenían casi nada en común, y la fiesta había sido la prueba definitiva. La cercanía y el afecto de su familia hicieron que se sintiera incómoda y, a la vez, celosa por no haber tenido una relación así con la suya propia. Había muchas barreras entre ellos, además de la del idioma.

Al llegar a su casa se dio cuenta de que en los cinco años que llevaba viviendo allí, no había invitado nunca a sus padres a comer, y se dijo que tenía que cambiar eso, pero enseguida se dio cuenta de que su madre opinaría que era «más conveniente verse en el club». ¿Y era allí adonde quería llevar a Alex? Ahora que ya le había hablado de ello a sus padres y a Alex, ya no tenía elección.

—A ver si lo he entendido bien. En estas tres semanas que Brad y yo hemos estado fuera tú has abandonado tus aspiraciones laborales, has demolido la cocina y te has acostado con Alex Moreno.

Mattie estaba sentada sobre la cama de Jessica con las piernas cruzadas. Estaba bronceada y el pelo castaño le brillaba como nunca. Estaba preciosa. Era curioso cómo el amor hacía florecer a una mujer. Jessica sintió un poco de envidia, pero la aplastó sin piedad.

—No es que haya abandonado mis aspiraciones, sino que he dejado de obsesionarme con ellas.

—¡Sólo he estado fuera tres semanas!

—Oye, yo me fui dos meses y medio y cuando volví te habías enamorado de mi hermano y estabais planeando la boda.

—Eso es distinto —Mattie se estiró—. Brad y yo ya nos conocíamos.

—Bueno, Alex y yo también.

—De acuerdo, te gustaba en el instituto.

—Eso no es cierto del todo.

Jessica le contó a Mattie cómo Alex la salvó de los tres matones y desde ese día se intercambiaron notas. Cuando acabó la historia, la miró para observar su reacción.

—¿Y no me lo contaste?

—No había mucho que contar. Sólo eran unas notas —pero estaba claro que fue más que eso.

—¿Estabas enamorada de él?

—Apenas lo conocía, pero en esas notas era... listo, sensible. Me hubiera gustado conocerlo mejor, pero dejó de escribirme. Ni siquiera entonces mantuve su atención mucho tiempo.

—Jess...

—¿Quieres un vestido para la gala o no? —dijo ella, deseosa de cambiar de tema.

—De acuerdo, intercambiasteis notas, pero

eso no sienta la base de una relación —Mattie volvió a la carga.

—No es una relación. Es una aventura. Sólo sexo.

—Jessica...

—Sé lo que estoy haciendo y no me hago ilusiones de futuro. Todo va estupendamente.

Patricia entró en la habitación a toda velocidad.

—He venido lo antes que he podido. ¿Habéis empezado ya a mirar vestidos?

—Estamos en ello —murmuró Jessica, intentando que Mattie pillara la indirecta, sin suerte.

—Sólo estoy preocupada por ti, eso es todo.

—¿Preocupada? —preguntó Patricia—. ¿Por qué? ¿Por salir con ese tipo tan atractivo?

—Sí —dijo Jessica.

—No —dijo Mattie al mismo tiempo—. Lo que me preocupa es que no estás saliendo con él, sino sólo acostándote con él. No estoy segura de que puedas afrontar una relación únicamente sexual y sin emociones.

—Pero...

—Parece que alguien habla desde la experiencia —apuntó Patricia.

—¡Exacto! Así fue como planeé seducir a

Brad para olvidarlo del todo, pero mira cómo acabé.

—Te enamoraste, te casaste y eres feliz —indicó Patricia.

—A eso me refiero —miró a Jessica y luego a Patricia.

—No sé adónde quieres llegar —dijo esta última.

—Yo sí —admitió Jessica—, pero te equivocas. Yo no estoy enamorada de Alex y no me voy a enamorar de él, lo prometo. Es sólo otra cosa que tachar de la lista.

—¡Ni me hables de esa estúpida lista! —exclamó Mattie.

—Tal vez pienses que la lista es una tontería, Mattie, pero a mí me ha hecho replantearme mi vida. Me ha hecho intentar cosas que hasta entonces ni me había planteado.

—Si crees que lo necesitas, me parece bien —concedió su amiga—, pero no tienes que hacer todo lo que pone. Por ejemplo, lo del piercing.

—Bueno...

—¿No me digas que te has hecho un tatuaje?

—¡No! Ya sabes que no soporto el dolor.

—Por eso he pedido cita para que le hagan un dibujo con henna —sonrió Patricia—. Es una tradición de la India y de algunos países árabes para celebrar una transformación. En el caso de Jessica, su transformación a chica Picante. Además, es muy sexy —dijo, y les guiñó un ojo.

—¿Esto era lo último de la lista? —preguntó Mattie.

—Prácticamente.

En realidad ya tenía planes para «Pasa de la ropa interior» y «Vive al límite». En las siguientes cuarenta y ocho horas habría hecho todo lo que ponía en la lista excepto el número diez: «Conquístalo. Supera tus miedos».

El problema era que temía que las palabras de Mattie llegaran con retraso. Temía estar enamorada de Alex.

—¿Estás segura de lo que estás haciendo? —preguntó Mattie de nuevo, insegura.

—Segurísima —respondió ella con firmeza, pero ni pareció convencer a Mattie, ni consiguió darse seguridad a sí misma.

Mientras Mattie, Patricia y ella buscaban un vestido para que Mattie lo llevara en la gala, siguió intentando convencerse a sí misma repitiendo una y otra vez el mismo mantra: «No estoy enamorada de Alex Moreno». «No estoy enamorada de Alex Moreno».

Capítulo 16

Era la primera vez que llevaba un esmoquin y tenía que reconocer que era muy incómodo, pero había cosas peores que la camisa almidonada y los zapatos alquilados: ver a Jessica enfundada en un vestido de satén rojo era una de ellas.

Por delante, el vestido era bastante modesto. El escote no era muy bajo y los tirantes eran anchos, pero cuando ella se daba la vuelta... no había nada. Llevaba toda la espalda al descubierto. En la parte más baja de la espalda llevaba un intrincado dibujo de color rojizo que debía de ser el tatuaje con henna que le había mencionado, y se imaginó acariciándolo.

—Mmm... Estás estupenda —dijo, sin contener el gruñido.

Ella lo miró por encima del hombro y aunque sus ojos se oscurecieron de deseo, sonrió burlona.

—Gracias.

Era como si le hubieran hecho el vestido a medida, lo cual lo hacía ser más consciente de que él había tenido que alquilar el esmoquin mientras el resto de hombres de la sala seguramente llevaran el suyo propio.

—¿Quieres conducir? —dijo ella, ofreciéndole las llaves del Beemer.

Con eso se olvidó de los hombres que poseían esmoquin propio y empezó a pensar que él ni siquiera tenía un coche decente en el que llevarla, porque su vieja furgoneta no contaba.

Pero ella estaba con él, no con esos otros tipos con coches y esmoquin, y eso tenía que contar para algo. Al caminar junto a ella hacia el coche, le puso la mano en la espalda y se arrepintió casi al instante.

—Un vestido tan revelador como éste le hace a uno pensar qué llevarás debajo.

—Nada —contestó ella.

—¿Nada? —dijo, helado.

Ella sonrió y Alex, sin control sobre su cuerpo, bajó la mirada a sus pechos. Después volvió a mirarla a los ojos y levantó las cejas. Ella se mordió el labio y negó con la cabeza. Él la miró por debajo de la cintura, y ella respondió de igual manera.

—Es el número seis de la lista. Se supone que te tiene que volver loco. ¿Funciona?

—Jess, me estás matando —dijo mientras

le abría la puerta del coche.

—Espero que sea una muerte lenta —susurró ella.

Una vez en la carretera, Alex necesitó de todo su poder de concentración para pensar únicamente en el tráfico. ¿Acaso sabía ella lo nervioso que estaba por la cena de aquella noche?

—¿Por qué no vamos por Rock Creek? —preguntó Jessica—. Si tomamos la autopista desde el otro lado de las colinas llegaremos allí en casi el mismo tiempo.

Alex sabía que el rodeo los retrasaría un cuarto de hora como mínimo, pero no protestó. No le importaba posponer lo inevitable.

La carretera de Rock Creek subía por las faldas de la Sierra Nevada. Como en todas las carreteras secundarias, había poca o nada de luz, pero la perspectiva de la ciudad era preciosa.

—¿Quieres parar? —preguntó él.

Alex se sentía volver a la adolescencia. Parecía que había esperado toda la vida para ir allí con Jessica. Ya no era un adolescente inflamado de pasión, sino que ahora estaba inflamado de amor.

—Desde luego —dijo Jessica.

Detuvo el coche a la vuelta de una curva con buena perspectiva sobre la ciudad.

—Es curioso, pero recordaba unas vistas más impresionantes.

—Lo que es curioso es que vinieras aquí a admirar las vistas.

—Eso es cierto —rió él—, pero la vista ayudaba.

—Pareces nervioso —dijo ella, acariciándole una mano—. No me digas que estás preocupado por lo de esta noche.

—¿Nervioso? No —«sólo aterrado».

Aterrado de hacer alguna estupidez en la gala que la pusiera en evidencia o que ella viera claramente que no había cambiado, que seguía siendo el chico pobre y alocado del instituto y que seguía sin tener derecho a estar con ella. Estaba fuera de su alcance.

—¿Vas a intentar convencerme para que pasemos al asiento trasero? —hasta ella se ruborizó.

Alex perdió un poco más su autocontrol. Estaba preciosa aquella noche, con la luz de la luna bañándole el rostro y haciendo brillar su pelo recogido en un moño de rizos. Sería muy fácil inclinarse sobre ella, besarla y olvidarse de su pasado.

—¿Estás segura? —echó un vistazo a su reloj—. La gala ya ha empezado y ya llegamos tarde.

—Tienes razón, no es muy prudente. De hecho, es una mala idea.

Y sin decir más, salió del coche, tiró de la palanca en la parte inferior de su asiento y éste saltó hacia delante. Ella se levantó la falda, dejando entrever sus tacones rojos, medias de seda y el liguero, y pasó al asiento trasero. Después cerró la puerta y se acomodó.

Él batalló con su conciencia unos minutos, consciente de que sería una mala idea presentarse en la gala justo después de haber hecho el amor con Jessica en el asiento trasero de su coche, pero, frente a esa tentación, no tenía nada que hacer. Tardó escasos segundos en reunirse con ella.

Quiso abrazarla inmediatamente, besar sus labios y perderse en su cuerpo.

Tal vez no tuviera dinero ni recursos ni el pasado que ella merecía, pero tenía... una química sexual con ella. Tenía la capacidad de volverla loca. Tal vez eso no fuera suficiente, o tal vez sí.

Se detuvo un momento. Ésa no era la mejor manera de hacerlo con una chica en el asiento trasero de un coche. En esos casos, había que ir despacio y provocarla para hacer cosas que nunca antes había imaginado que haría. Si se precipitaba, lo perdería todo. Así que en lugar de dedicarse a explorar su boca, la rodeó con los brazos y pretendió mirar las estrellas. Era lo bueno de estar en un descapotable.

—¿Sabes que fuiste la primera persona a la que oír decir la palabra «f. . .».

—¿Cómo? ¿La palabra «f. . .»? —no pudo contener la sonrisa.

—Sí. El profesor de música te pilló fumando en el pasillo y tú le dijiste. . .

Alex se giró en su asiento para verla mejor. Cada vez que decía «f. . .» sus labios se retorcían levemente, prueba de que debajo de ese vestido de diosa seguía estando la hijita buena del juez.

—Jess —interrumpió—. ¿Has dicho alguna vez la palabra «f. . .»?

—Claro que. . . —dijo con un resoplido—. No.

Su piel brillaba bajo la luz de la luna y no pudo resistir tocarla, aunque sólo fuera el brazo.

—¿Cuántos años tienes? ¿Veintiocho?

—Veintinueve.

—¿Veintinueve años y nunca has dicho esa palabra en alto? —dijo, hundiendo la cara en su cuello.

—Siempre me ha parecido una palabra llena de rabia —dijo con dificultad.

Él le besó el cuello y fue subiendo hasta la boca, que lo esperaba cálida y suplicante. Y, como siempre, algo tímida, que era lo que más lo excitaba. Sólo de pensar oír esa palabra que ella evitaba de su boquita tímida, su excitación fue en aumento.

Mientras las ponía sobre él y le acariciaba los pechos, murmuró:

—Tienes razón. Puede ser una palabra llena de rabia, pero también puede ser muy sexy.

Ella se apartó de sus labios con expresión curiosa.

—Ya lo creo —estaba montada sobre él y Alex recorría sus muslos con las manos—. Muy sexy, provocativa y caliente —acercó más sus caderas—. ¿No era eso lo que querías? ¿Sexo caliente?

Ella se mordió el labio y sonrió. Se giró, tomó su bolso de la parte delantera y sacó un condón.

Sí, eso era lo que ella quería y él podía dárselo. Sexo caliente en la parte trasera de un coche en la carretera de Rock Creek.

Jessica se levantó el vestido y él deslizó las manos bajo la tela, recorriendo la suavidad de sus medias. Sus dedos encontraron las tiras del liguero. La exquisita piel de sus muslos temblaba bajo sus caricias cuando recorría sus muslos y sus nalgas. Ella no había mentido en lo de no llevar ropa interior.

Alex gruñó y cerró los ojos, buscando mantener el control. Tomó aliento, y eso lo ayudó a contener su deseo, aunque no sus manos, que se dedicaban a explorar los tiernos pliegues entre sus piernas.

Cuando sintió que ella le desabrochaba los pantalones, abrió los ojos de golpe. En segundos, Jessica liberó su erección y con dedos temblorosos le colocó el condón. Tenía los labios rojos y brillantes y los ojos llenos de pasión.

Ella le masajeó el miembro viril por encima del condón y empezó a deslizarse sobre éste hasta que él la detuvo.

—Aún no —gruñó—. Dime lo que quieres.

—Te quiero a ti —dijo Jessica simplemente, ansiosa por que la penetrara.

Ni siquiera estaba dentro de ella y ya podía sentir el orgasmo formándose, pero hizo un esfuerzo por contenerse.

—¿Qué quieres que haga?

—Quiero que me hagas el amor.

—Jess, esto no es hacer el amor. Hacer el amor es tierno y dulce, y esto es caliente y sucio.

Ella lo miró llena de frustración, pero al comprender el juego, sonrió:

—Quiero que me hagas la palabra «f. . .».

Con el dedo encontró el centro de su deseo. Empezó a acariciarlo e insistió.

—Dilo. Vamos, Jess.

Ella se estremeció ante su contacto. Con las manos sobre sus hombros ella se inclinó y le susurró la palabra al oído, pidiéndole lo que quería. Él entró dentro de ella gimiendo de alivio y llevándolos a los dos hasta la cima..

Pero mientras la abrazaba entre sus brazos aún temblorosos, Alex se dio cuenta de que había mentido. Su fantasía de penetrar a Jessica, la niña más buena de la ciudad, se había convertido en algo más complicado. Con ella, aun cuando el sexo era de lo más sucio y caliente, siempre sería hacer el amor.

CAPÍTULO 17

Por primera vez en su vida, mientras miraba a Jessica cruzar el salón del club de campo, Alex se sintió en paz consigo mismo.

Estaba escuchando a un concejal del ayuntamiento que había sido amigo de Thomas en la universidad, pero realmente sólo tenía ojos para ella. Estaba arrebatadora con aquel vestido rojo y el pelo suelto sobre los hombros.

Desde que entró por la puerta, todas las miradas fueron para ella, pero además él estaba contento de tenerla a su lado porque se relacionaba con la gente con una facilidad pasmosa: recordaba el nombre de todos y les preguntaba por sus familias, sus trabajos y sus aficiones.

Ella decía que era una técnica adquirida, pero él se daba cuenta de que realmente los escuchaba, que se preocupaba por esa gente. Eso lo sorprendió, pero Jessica era algo más que un cuerpo bonito.

También la gente del club de campo lo había sorprendido. Siempre los había imaginado como un puñado de ricachones engreídos que mirarían por encima del hombro a una persona como él, pero no había sido así. Allí estaba media ciudad, desde antiguos compañeros de clase a gente con la que había tratado profesionalmente, no sólo gente rica, sino gente.

Los hombres que lo rodeaban tampoco parecían sentirse muy cómodos con todo aquel lujo. Muy pocos parecían lo suficientemente adinerados como para ser propietarios del chaqué que llevaban y sólo uno, el padre de Jessica, parecía poder permitirse ese tipo de cenas de recogida de fondos.

Él no había querido un hombre como Alex para su hijita y lo preocupaba todo lo que él no podría darle, pero cuando Alex miraba a su alrededor se preguntaba qué podían darle a Jessica esos hombres que él no pudiera darle.

Algunos ganaban más dinero que él e incluso podían permitirse dar aquellas cenas de mil dólares el cubierto, pero eso no era lo que ella quería; lo que ella quería era a él. Su amor. Y eso sólo podía dárselo Alex.

Sabía sin lugar a dudas que la amaba como ningún otro hombre la amaría jamás, y que si ella quería, dedicaría el resto de su vida a que nunca tuviera menos de lo que merecía.

Buscó a Jessica, desaparecida entre la multitud. Necesitaba estar con ella aunque no pudiera decirle aún lo que sentía, pero antes de encontrarla, el senador Sumners lo acorraló.

Cuando se vieron a solas, lo atravesó con la mirada del mismo modo que había hecho años atrás, en el tribunal. Era la misma mirada de Jessica cuando quería mantenerlo a distancia. Se sintió algo más tranquilo al reconocerlo como un gesto familiar.

—Me he enterado de que estás saliendo con mi hija —dijo secamente el senador.

Alex no sabía si el tono de su voz era realmente desdeñoso o se lo había imaginado.

—Sí, señor, así es.

El senador entrecerró los ojos. Después su expresión se relajó ligeramente.

—Veo que has aprendido modales desde la última vez que estuviste en mi tribunal.

No es que no tuviera modales entonces, sino que no lo había motivado ponerlos en práctica.

—Veo —continuó el senador—, que Jessica te ha aleccionado de cara a un posible interrogatorio por mi parte.

—Pues lo cierto es que así es.

—Su madre y yo somos algo sobreprotectores. No queremos que se aprovechen de ella por su buen corazón.

—Jessica es una de las personas más cabezotas que he conocido y no creo que nadie pueda aprovecharse de ella.

—Eso es lo que tú crees, pero... —apuntó el senador, frunciendo el ceño.

—Senador, deje que le ahorre tiempo. Ahora es cuando usted me advierte que no podré darle todo lo que ella está acostumbrada a tener, que somos de mundos diferentes y me pide que me aleje de ella, envolviéndolo todo en un bello discurso acerca de que yo no soy lo suficientemente bueno para su hija.

El padre de Jessica lo miró inexpresivo antes de preguntarle si había acabado.

—Pues no, aún no —probablemente debería haberlo hecho, pero llevaba esperando esa charla desde que llegó... él mismo se había dicho eso desde que se encontró con Jessica—. Lo cierto es, señor, que usted tiene razón y yo no soy lo bastante bueno para ella, pero ¿quién lo es? Yo no podré darle cosas que otros hombres sí le darían, pero puedo hacerla feliz porque la quiero más de lo que nadie la querrá. Y creo que ella también me quiere.

—Un buen discurso —el senador lo miró con la ceja levantada—. ¿Has practicado mucho?

—Desde que entré aquí —Alex soltó una

risita que sonó más nerviosa que divertida. No le gustaba sentirse juzgado.

El senador hizo un gesto de asentimiento con la cabeza.

—Pues yo llevo más tiempo practicando el mío —Alex levantó una ceja—. Si soy duro con los novios de mi hija, es porque quiero que sea feliz. Si tú crees que puedes conseguir eso, inténtalo, pero tienes razón en lo de que es obstinada. Si la quieres, es a ella a quien tienes que convencer, no a mí.

—Oh, Jessica, ¿en qué estabas pensando?

Ella miró la hora: habían pasado cincuenta y dos minutos desde que entró en la sala con Alex. Su madre la abrazó envolviéndola en una nube de Chanel Nº 5.

—Vaya, mamá, esperaba que vinieras a decirme eso nada más verme.

Su madre pareció ofendida pero se recompuso pronto. La había interceptado cuando se dirigía al baño y estaban en una zona muy transitada por los invitados.

—Jessica, no entiendo por qué has hecho algo así, pero ya que lo dices, me sorprende que no hayas traído a aquel hombre tan simpático de tu trabajo con el que salías.

—No lo he traído porque rompimos —repuso Jessica, mordiéndose el labio con amargura—. Hace bastante tiempo, y lo sabes

192

porque ya te lo había dicho. Di lo que tengas que decir sobre Alex cuanto antes y acabemos con esto.

—Sí —su madre suspiró—, ya sabía que habíais roto, pero esperaba que lo hubierais arreglado.

—Yo no quería arreglarlo. No era el tipo de hombre con el que quisiera tener una relación.

—Pero al menos tenías algo en común con él y...

—No estaba dispuesta a pasar el resto de mi vida con él, no podía amarlo.

—¿Quieres decir que sí amas a ese Alex?

Por un instante Jessica pensó que se le había parado el corazón. ¿Qué estaba diciendo? Buscó a Alex con la mirada y lo vio hablando, muy relajadamente, con su padre. Parecía que él lo estaba llevando mejor.

Parecía cómodo, tranquilo y estaba guapísimo. Nadie adivinaría lo nervioso que estaba antes de ir. Jessica comprendía perfectamente que le hubiera costado ir allí; había trabajado con su tío en la reforma de aquel lugar. Pero lo había hecho porque ella se lo había pedido.

Él vio que lo estaba mirando y le sonrió antes de volver a centrarse en la conversación, como para demostrarle que se estaba esforzando.

—¿Lo amas? —volvió a preguntar su madre.

Ella apartó la mirada de Alex y volvió los ojos hacia su madre.

—No lo sé —respondió con sinceridad—. Desde luego, no había planeado enamorarme de él.

Lo único que había planeado era tener una aventura con él: sexo salvaje, pasión desatada y poner una cruz junto al primer punto de la lista. Sólo eso.

—Pues si es así —dijo su madre tras suspirar—, no hay mucho que podamos hacer al respecto.

—Siento decepcionarte.

—Cariño —repuso su madre, con cierto tono de irritación—, sé que crees que soy fría, manipuladora y que no tengo corazón, pero nunca he podido imaginarte siendo feliz con él.

—¿Qué significa eso?

—Siempre he pensado que él no era bueno para ti.

—¿Siempre? ¿Qué quieres decir con eso? Sólo llevamos juntos tres semanas —«tirando para arriba»—. Y no te has enterado hasta esta noche.

—Me refiero a cuando estabais en el instituto.

—Estás totalmente perdida. Alex y yo no

tuvimos nada en el instituto.

—Cariño, en esta ciudad tan pequeña es difícil mantener los secretos. Y las notas que te escribía...

—¿Las notas? —eso no se lo había contado ni siquiera a su mejor amiga—. ¿Cómo sabes eso?

—La señora Nguyen las encontró en tu cuarto y me las enseñó. Sabíamos que salías en secreto con él.

Jessica sacudió la cabeza, perpleja.

—¿Por un puñado de notas imaginasteis que salía con él? Apenas nos conocíamos y sólo intercambiamos unas cuantas notas.

—Pero —dijo su madre, sorprendida— se peleó con ese otro chico, Higgins, por ti, y tu padre y yo...

—Alex y Albert Higgins nunca se pelearon por... —se detuvo un momento a considerar sus palabras—. ¿Se pelearon?

Miro a su madre buscando respuestas, aunque sabía que sólo Alex podía dárselas. Pero su madre asintió.

—Pues sí. ¿No lo sabías?

—No sabía... Espera, ¿por eso le «sugirió» papá a Alex que se marchara? ¿Por que creíais que estábamos saliendo?

—Tu padre y yo —dijo, algo avergonzada—, creímos que sería lo mejor. Para los dos. Los Higgins iban a presentar cargos en su contra y él no podía haber pagado un buen abogado. Parecía lo mejor. Alex tenía antecedentes y era mayor de edad. Lo hubieran acusado de asalto y...

—Así que decidisteis esconder la suciedad debajo de la alfombra.

Su madre se estiró y no pudo ocultar su indignación al hablar.

—Tu padre lo hizo para protegerte. Él no sabía que no había nada entre Alex y tú.

—¡Podía haberlo preguntado! ¡Y tú también!

—No sé por qué no lo hice —dijo su madre, con la mirada perdida en la multitud—. Queríamos protegerte. Eras tan buena chica, tan responsable... y él siempre estaba en líos. No entendíamos por qué os gustabais —Jessica tuvo que admitirse a sí misma que ya entonces se sentía atraída hacia él—. Tu padre no se atrevió a hablar de ello contigo por miedo a que hicieras alguna tontería. Por los amores de juventud se hacen muchas tonterías.

Entonces no estaba enamorada de él, pero ¿y ahora? Su madre, después de unos minutos de incómodo silencio, se disculpó y se marchó dejándola sola con sus pensamientos.

Al buscarlo entre la gente lo vio acudiendo hacia ella con una copa en cada mano, pero alguien lo detuvo para hablar. La alegró ver que se las estaba apañando tan bien sin ella y sin su ayuda.

Se encaminó a la mesa que compartían con Brad y Mattie y entonces vio al hombre que llevaba buscando en secreto toda la noche: Martin Schaffer, el propietario del Hotel Mimosa. Alex había trabajado para él y Martin era un miembro activo de varios grupos de conservación de la herencia histórica. Si alguien podía convencer a los miembros de la Sociedad Histórica de que Construcciones Moreno podía llevar la reforma del tribunal, ése era él.

Estaba decidida a ayudar a Alex. Tal vez su relación lo había perjudicado en el pasado, pero ahora había encontrado un modo de echarle una mano en su carrera profesional.

Martin la saludó con un cariñoso abrazo al verla. Ella rió algo extrañada y se apartó.

—Oh, siento incomodarte, pero es como si ya te conociera. Además, estás haciendo mucho por ayudar a Alex y eso te convierte casi en alguien de la familia.

—¿Tienes mucha relación con él?

—Es como un hermano para mí, pero además es el mejor contratista de obras que conozco. Estoy deseando hablarle de él a toda esa gente que te tiene tan preocupada, pero primero voy a tomar un trago y a saludarlo.

—No sabe que ibas a venir. Es una sorpresa.

—Bien —sonrió—. A mí también me sorprendió que me llamaras. No creía que Alex volviera a estar interesado en un trabajo tan grande como éste.

—¿Cómo? Pero... la reforma del hotel fue más trabajosa de lo que será el tribunal.

—Así es, pero Alex se alegró mucho al acabar el trabajo. Dijo que estaba deseando volver a casa y retomar su vida personal —la miró sonriendo—. Y supongo que se ha puesto manos a la obra.

Jessica no conseguía entender aquella declaración. ¿Alex no quería ocuparse de obras grandes? ¿No quería ocuparse del tribunal? Entonces, ¿por qué no se lo había dicho? En lugar de eso, allí estaba, hablando con todo el mundo para conseguir un trabajo que no deseaba. Todo porque ella lo había presionado.

Caminó junto a Martin, presentándole a la gente interesante y diciendo siempre las palabras justas, pero su cerebro no dejaba de darle vueltas al problema con Alex. Había quedado muy impresionada y ahora entendía por qué él decía que una relación perjudicaría su negocio. Unos simples rumores, y falsos, ya habían tenido un gran impacto sobre su vida.

No la sorprendía que él hubiera intentado mantener las distancias, pero sin éxito, porque ella, tan segura de sí misma, había despreciado, ignorado, todos sus motivos de preocupación.

Siempre había pensado que su padre era muy autoritario, pero ahora tenía que reconocer que se parecía más a él de lo que estaba dispuesta a admitir.

Suspiró resignada. Su madre pensaba que los amores de juventud podían ser muy estúpidos, pero los de adultos tampoco eran muy brillantes en realidad. No podía cambiar lo que era, ni siquiera por Alex. Oh, había intentado ser una chica Picante, había intentado dejar de ser la buena chica hija del juez, pero no podía cambiar lo que era en realidad.

El descubrimiento era como una losa en su cerebro y miró hacia donde estaba Alex, pero algo captó su atención. Brad y Mattie estaban bailando una vieja canción de Etta James, y él le susurró algo en el oído que hizo que ella se sonrojara y se echase a reír antes de que él la hiciera girar para atraerla de nuevo a sus brazos. Era un momento de película.

Se los veía tan felices juntos, tan enamorados... era como si estuvieran destinados para estar juntos.

Y tal vez fuera así. Mirándolos bailar, se le cortó la respiración y entonces supo lo que quería.

Sí, quería pasión, pero no sólo quería sexo apasionado de Alex, sino amor apasionado.

Entonces comprendió que el mayor de sus temores no era amar a Alex, sino perderlo. No estar con él, no vivir a su lado era lo más terrible que podía imaginar. Y a pesar de todo, tenía que renunciar a él.

Cuando empezó su cruzada personal para convertirse en una chica Picante se prometió a sí misma que no se conformaría con menos de lo que merecía, y se merecía un hombre que la amara, cosa que él no sentía. No podía amarla porque no la conocía, y eso era porque ella se había pasado las últimas tres semanas intentando convencerlo de que era otra persona distinta.

CAPÍTULO 18

—¿Quieres que te encarguen la reforma del tribunal?

—Claro que sí, pero...

—¿Pero lo quieres de verdad? He estado presionándote, pensando que era lo que tú querías, pero ahora no estoy tan segura.

Ella sonaba confusa e insegura, muy distinta de ella misma, y eso lo preocupaba.

—Jess, ¿qué ocurre?

Ella miró por la ventanilla del coche sin atreverse a mirarlo.

—Creía saber lo que era lo mejor para ti. Estaba segura de tener razón y no dejé de presionar —se le rompió la voz y tuvo que carraspear antes de retomar la palabra—. Pero hablando con Martin me he dado cuenta de que no quieres ese trabajo. Después del fantástico trabajo que hiciste en el Hotel Mimosa, podías haber hecho lo que quisieras, pero decidiste volver a casa.

Entonces lo miró y eso lo puso nervioso.

Sabía lo que iba a decir y no podía mentirle.

—Pensaba que querrías mostrarle a todo el mundo tus éxitos, pero no era eso, ¿verdad? —ella no esperó respuesta y continuó—. Volviste para evitar el éxito, porque eso te hacía sentir culpable por traicionar a tus padres. Por eso no intentaste conseguir el trabajo del tribunal; no era que no creyeras que te lo concederían, sino que no lo querías.

Él mantuvo la vista fija en la carretera, intentando decidir qué decir, pero las palabras se le agarrotaban en la garganta.

—Tengo razón, ¿verdad?

—Tal vez —quitó la mano de la palanca de cambios y se la pasó por el pelo—. Supongo que en parte sí es así, pero no creo que lo supiera cuando volví. Quería estar con mi familia y estaba cansado de huir de mi pasado.

—Tenías que haberme dicho que no te interesaba el trabajo.

—Parecía importante para ti —y no quería disgustarla, pero además le gustaba cómo lo defendía como nadie lo había hecho antes. Además, si hubiera dicho algo, no lo hubiera contratado para reformar su cocina y no hubiera podido verla cada día.

—Bien. Parecía importante para mí y lo era, pero sólo porque creía que lo era también para ti. Estaba tan segura de hacer lo mejor que ni te pregunté qué querías tú.

Alex empezaba a preocuparse por el cariz que estaba tomando la conversación. Menos mal que ya se veía la casa de Jessica. Aparcó frente a la entrada, aliviado, y se volvió hacia ella, pero ésta se alejó todo lo que pudo contra la puerta del coche.

—Jess, ¿quieres saber lo que es importante para mí? Tú. Tú eres lo único que importa. Sí que quiero el trabajo del tribunal, lo quiero porque tú quieres que yo lo haga. Lo quiero por ti. Te qui...

Ella se lanzó hacia él y le puso la mano sobre los labios, encerrando las palabras en su boca.

—No digas eso. No lo dices en serio, sólo es una ilusión.

¿Eh?

—Tal vez creas que te importo, pero estás totalmente equivocado. Sólo lo crees porque yo te he confundido.

Él le agarró la muñeca y le retiró la mano que sellaba sus labios.

—¿De qué demonios estás hablando?

—Estaba tan segura de que podía hacer que me quisieras, que estuviéramos juntos, que ni siquiera me planteé qué querías tú.

—¡Tú eres lo que yo quiero!

—No. ¿No recuerdas lo que dijiste? ¿Que

querías a alguien despreocupada, juguetona y salvaje? Yo no soy nada de esas cosas.

—Jessica, esa lista no vale nada. Eso no es lo que quiero en realidad.

Pero ella lo ignoró y siguió hablando como si nada.

—Te hice creer que yo era todas esas cosas porque quería estar contigo. Igual que te presioné para lo del tribunal, porque creía que te podía hacer feliz. Creía saber cómo hacer que todo fuera perfecto y al final lo he estropeado del todo.

—Pero, Jessica...

—Pero ya puedes estar tranquilo. Se acabó el arruinarte la vida. Voy a volver a Suecia.

—¿Suecia? ¿Qué estás diciendo?

—Sí —su voz se endureció, llena de decisión—. Cuando estuve allí, la empresa para la que trabajé me ofreció trabajo. Es un puesto estupendo.

—¿Suecia? —era lo único que él podía articular.

—Será lo mejor. Estoy segura.

Y tras esas palabras, salió del coche y corrió hacia la casa en una nube de seda roja. Por un momento él pensó en seguirla, pero después pensó que no mejoraría nada.

Ella creía tener las cosas muy claras, pero no había contado con algo: él no se había enamorado de la mujer que ella había fingido ser, sino que sabía que amaba a la mujer que era en realidad.

Jessica cerró la puerta tras ella, echó el cerrojo y se recostó contra la puerta. Con la cabeza gacha, esperó hasta escuchar el ruido del motor y el coche alejándose. En cualquier momento él, furioso tal vez, arrancaría y se marcharía de allí ruidosamente como solía hacer con su antiguo Camaro.

Por fin oyó el motor arrancando, pero no oyó que se moviera y se lo imaginó en el coche, volviendo sobre sus palabras del mismo modo que ella lo estaba haciendo. En cualquier momento se daría cuenta de que ella tenía razón y se marcharía de allí y de su vida, tal vez para siempre.

Cerró los ojos intentando invocar el valor para dejarlo marchar cuando lo que deseaba era abrir la puerta y correr hacia él.

«Es para mejor», se dijo a sí misma convencida. «Es lo mejor para los dos».

Repitiéndose esas palabras una y otra vez, dejó el bolso en el recibidor y fue hacia su habitación color crema. Su aburrida habitación color crema que hacía juego perfectamente con su aburrida casa y su aburrida vida.

Entonces oyó algo inesperado. Un ruido en la puerta. Se quedó helada mientras contenía la respiración.

Alex estaba de pie en la entrada con sus llaves en la mano.

—La próxima vez que planees una huida dramática —dijo en voz baja, apoyando el hombro en el marco de la puerta—, no te dejes las llaves del coche.

Él le lanzó las llaves pero ella no reaccionó a tiempo y éstas cayeron a sus pies.

¿Ella acababa de terminar con su relación y él tenía ganas de bromear?

—Me has traído las llaves —murmuró, con el cerebro en blanco.

—Sí.

Su sonrisa burlona acabó con el ya frágil autocontrol de Jessica.

—Acabo de romper contigo, te he dicho que me voy a Suecia y me traes las llaves.

—Sí —asintió él—, así ha sido.

—Rompo contigo... —empezaba a sentirse llena de rabia—. ¿Y no estás enfadado?

—Pues la verdad es que no —él se encogió de hombros.

—¿Qué te pasa? —ella oyó su tono histérico, pero era incapaz de controlarlo—. ¿Lo nuestro no te importaba nada? ¿No sentías nada...?

Antes de dejarla acabar, Alex fue hacia ella cerrando la puerta tras de sí. Un segundo más tarde la rodeaba con sus brazos, apretaba su cuerpo contra él y la besaba.

Sus labios la besaban con fuerza, con urgencia y emoción. No fue un beso despreocupado o juguetón, sino un beso completo, lleno de oscura posesión.

Cuando se apartó, Jessica estaba segura de que sentía algo por ella.

Él la miró en la penumbra del recibidor. El rostro y la expresión de Alex estaban oscurecidos por una sombra, pero, a pesar de la intensidad del beso, su tono era bromista.

—¿Sabes que es de mala educación interrumpir a la gente cuando habla?

—¿En... en serio?

—Pues sí, y creía que precisamente tú lo sabrías.

—Ya, pero...

—Déjame acabar lo que te estaba diciendo en el coche. Te quiero, Jessica.

—Pero...

—Te quiero tal y como eres en realidad. Cabezota, seria, honesta y justa. Me encanta cuando intentas ser despreocupada y juguetona, me encanta cuando intentas ser una chica mala, pero me gusta más cuando eres buena.

Sus ojos se oscurecieron al mirarla. Sus dedos recorrieron su rostro hasta la barbilla.

—Te quiero por hacerme ir más allá de lo que yo mismo iría. Estar contigo me hacer querer más que si estuviera solo. Es como en el instituto, cuando estudiaba para sacar buenas notas y que tú me creyeras inteligente. Incluso me encanta cuando intentas decidir por los demás lo que es mejor, pero esta vez no te voy a dejar que te salgas con la tuya.

—Pero ¿no te das cuenta? Esta vez no estoy haciendo eso, me estoy apartando. Voy a dejarlo correr.

Justo la frase que él había empleado cuando ella le decía que pidiera el trabajo del tribunal.

—No —dijo él sacudiendo la cabeza—, nada de eso.

—Pero...

—¿Me crees cuando te digo que te quiero?

—No. Sólo lo crees porque...

—Entonces no me creíste cuando te dije que no quería el trabajo del tribunal y no me crees ahora que te digo que te quiero. Es lo mismo. Estás haciéndolo de nuevo.

—Pero... —tenía razón. Estaba haciendo lo mismo otra vez, pero esta vez estaba segura... igual que antes. Frustrada, dijo—: ¿Entonces qué hacemos?

Él la trajo contra su pecho, riendo para consolarla.

—Vas a aprender a creerme cuando te digo que te quiero tal y como eres. Ni más despreocupada ni más juguetona. Ni más salvaje.

Ella contuvo el aliento mientras una oleada de alivio la recorría de arriba abajo.

—Lo... lo intentaré.

Jessica sintió cómo él la abrazaba con más fuerza y a la vez, la tensión de sus músculos, que ella antes no había apreciado, se disipó.

—¿Sabes?, estaría genial que ahora me dijeras que tú también me quieres.

Ella se apartó lo justo para mirarlo a los ojos.

—Yo también te quiero. No tengas ninguna duda sobre ello.

—Bien, porque me has dicho tantas veces que no me conformara con menos de lo que merezco, que no sé si te merezco, pero tú eres lo que deseo. Quiero tu corazón y tus pensamientos para siempre, y no me conformaré con menos.

Una tímida alegría empezó a florecer en su interior.

—Me parece bien, porque yo pienso igual.

Se puso de puntillas como si fuera a besarlo, pero él la detuvo.

—Ya que estamos, creo que es el momento de decirte que no me gustaría trasladarme a Suecia.

—¿Cómo? —preguntó ella confundida.

—Si quieres ese puesto en Suecia, deberías aceptarlo. Yo iré contigo... seguro que la gente en Suecia también necesita reformas, saunas o lo que sea, pero preferiría quedarme aquí.

—Yo tampoco quiero irme. Era sólo que no quería estar aquí sin ti.

Él le acarició el cuello con los labios y ella se estremeció. Jessica se acercó más a él y le hizo una sugerencia al oído. Esta vez no dudó al usar una palabra realmente obscena. Había muchas palabras que no había pronunciado nunca, muchas cosas que nunca había probado y otras que había usado toda la vida pero que hasta entonces no había comprendido del todo: compromiso, matrimonio, amor y felicidad.

EPÍLOGO

Jessica adoptó un estilo étnico el día de su boda y se mandó hacer los dibujos tradicionales árabes en los dorsos de las manos con henna. En la mano izquierda llevaba el antiguo anillo con una perla engarzada que él había buscado sin descanso por todas partes. No era el enorme diamante que otro hombre hubiera podido permitirse, pero a Jessica le gustaba, y además él había querido sustituir el colgante de la perla que ella le había dado a Miranda.

La madre de Jessica arrugó la nariz al verle las manos pintadas, pero realmente no le gustaba casi nada de su boda. La henna era lo de menos, teniendo en cuenta que no se casaron en una iglesia, sino en una sala del recién reformado tribunal.

La única concesión de Jessica a su madre fue la celebración del banquete en el club de campo. Mientras bailaban, Jessica le susurró al oído a Alex:

—Odio decirlo, pero mi madre tenía razón al querer celebrar el banquete aquí.

—Era la única opción —respondió él—. Es el único sitio en que cabe tanta gente. Todo el mundo te adora.

—Y a ti también —rió ella.

—Ya —emitió un resoplido—, ahora que estamos casados.

Pero lo cierto era que la gente le había dado la bienvenida a la ciudad mucho antes de su compromiso y de su boda. La única reticente fue la señora Higgins, pero incluso ella cambió de actitud cuando Alex empezó a trabajar en el tribunal.

Bailando con Jessica tenía la impresión de haber pertenecido siempre a aquella ciudad, al igual que ella. Ahora le costaba recordar por qué se marchó cuando aquél era su hogar.

—Es curioso —dijo él—, pero es como si hubiera cumplido con mi destino.

Sus palabras le sonaron tan huecas que se arrepintió de haberlas dicho, pero Jessica levantó la cabeza y lo miró con expresión embrujada.

—Eso es exactamente lo que siento yo.

Sus palabras le recordaron por qué la quería tanto. Ella era la única persona del mundo a la que podía contárselo todo. Siempre había sido ella.